U0905857

我曾悄无声息爱过你

My Heart Leaps Up

绒绒 著

北京联合出版公司
Beijing United Publishing Co.,Ltd.

图书在版编目（CIP）数据

我曾悄无声息爱过你 / 绒绒著. — 北京：北京联合出版公司, 2016.12

ISBN 978-7-5502-8518-7

Ⅰ. ①我… Ⅱ. ①绒… Ⅲ. ①短篇小说－小说集－中国－当代 Ⅳ. ①I247.7

中国版本图书馆CIP数据核字(2016)第212577号

我曾悄无声息爱过你

作　　者：绒　绒
责任编辑：喻　静
产品经理：沈　路
特约编辑：丛龙艳

北京联合出版公司出版
（北京市西城区德外大街83号楼9层　100088）
北京联合天畅发行公司发行
北京山华苑印刷有限责任公司印刷　新华书店经销
字数：150千字　880mm × 1230mm　1/32　印张：9
2016年12月第1版　2016年12月第1次印刷
ISBN 978-7-5502-8518-7
定价：36.00元

如发现图书质量问题，可联系调换。质量投诉电话：010-68210805

我曾悄无声息爱过你

我曾悄无声息爱过你

CONTENTS

目录

17

序

很高兴见到你

我曾悄无声息爱过你

- Foreword -

很高兴它能与你见面。

这是我的第二本书。在我写这篇序的时候，我和我的编辑沈路甚至没有想好书的名字。沈路说，一定要起一个响亮的名字，让大家记住我的书，记住我。

然后我们一起选封面、选插图，把它做成一件十分漂亮的艺术品。

其实，这也许不是我的初衷。

我喜欢的一位作家说：“我没有粉丝，我有的是读者。”

我因为这句话爱了他很久，当然直到现在也没法不继续爱下去。不是因为他是他，而是因为他的每一个字、每一句话都令我着迷。

于是，一个人读一本书，因为这是某一位作家写出来的，变成了离经叛道。我们把它反过来说，一个人读一本书，读两本书，读三本书，能从文字的巧妙之处与所表达出来的细微感情上判断出来这是同一个人写出来的。

嚯！我觉得这太棒了。

我在写这一本书的时候，远远比写第一本书的时候痛苦得多。我的一位作家朋友韦娜帮我分析，说也许我是在这些故事上下的功夫更深了。

我想了想，不尽然，却有道理。

我经常在深夜和周末写东西。

错了，我一定是在深夜和周末写东西。

我平时有自己的工作要做。周一到周五，早上八点半到下午五点半，有的时候会到更晚，有的时候周末要加班做这样那样的工作。

后来我养成了深夜写文章的习惯。

你也可以试一试。在夜里，别捧着手机，关了电视，大脑飞快运行的时候，你最想做什么。是不是这一天发生的好的坏的真诚的烦心的事情都在你脑袋里面循环播放了一遍，跟放电影似的？

这种时候就是我第一下敲动键盘的瞬间。

扯远了，再扯回来。

我想说的是，我写稿痛苦的原因应该是有两个方面的，一个是在回忆和构思方面，大脑需要承载太多的东西，一个好像有点不够用。再者就是，深夜里写稿子，实在太困了。

大部分时间我坐在电脑前两个小时一个字也写不出来。

我在写《曾经是火车司机的人》这一篇文章，写了五千字足足花掉十一个小时。我坐在咖啡馆里点了一杯焦糖玛奇朵、一杯港式奶茶、一份比萨，合上电脑的时候咖啡剩一半、奶茶剩一半、比萨剩更多。

进咖啡馆的时候是白天，从咖啡馆出来，已经是深夜了。看不见星星和月亮，也许它们出现了，但被我遗忘了。

打火开车，电台里放的是小新哥的《城市夜未央》。只记得小新哥的声音低沉好听，具体在说什么，也记不得了。

我能记住的只是收停车费的老大爷眯着眼睛数停车票数了很久，后面的车一直按喇叭，老大爷抱歉地冲我笑了一下，说："慢走。"

我在写这篇文章的时候，主人公狼哥在钓鱼。我告诉他："我在写你。"狼哥给我看他新买的鱼杆和钓上来的鱼，装了满满一桶。其实我不关心这个，我只关心，你当火车司机那些年，都经历了些什么。

那一刻狼哥也不关心我写了些什么，是把他写得更帅了还是更有钱了，他只关心他钓的这些鱼。

此前我在写我的哥哥小雨的时候，我没有征求他的意见。打开电脑噼里啪啦乱敲一通，再一整页一整页地删掉。

因为我太熟悉他了，我写的每一段文字，都好像是小雨站在我面前给我演绎，举首投足，都是小雨，每一句话每一个表情，也都是小雨。

我删了它们，它们也许真实，但并不重要，我要找出来一些东西——想透过小雨表达出来的东西。

有的时候我常常想，我写这些故事的时候，我从我身边的某一位朋友或亲人的精神与骨髓里抽出最精华或者最混账的东西，我把它们揉碎了、嚼烂了，最后攒成文字来表达出一段平凡普通的亲情、友情或是爱情故事，它给你带来了什么，又从你身上带走了什么。

感动、温暖、柔软、美好、悲伤、心酸、无奈与彷徨，在它们之中，谁来了，又是谁走了。

有人怪我总是把文字与故事搞得很悲凄，把人物写得好像马上就生死离别了，让人不忍心看却又忍不住看下去。

还有的时候我把人物描写得太过粗俗，反复充斥着脏话与很黄很暴力的桥段，当然这些桥段在正式印刷成书的时候有可能被我可爱的编辑沈路删掉。

我想这也许就是我想传达的一种情感吧。

从人类最原始的本能里掺杂一些高贵的东西，在绝望中胡乱抓住一丝希望，在彷徨时偷一些信念回来。

爱中必然有恨，恨中必然有爱。

大概就是这个意思吧。

我想再说回之前这个主题。

编辑说我们最近几天的主要工作就是想题目。我会好好想，毕竟一个好的题目和封面会给一本书加分。

毕竟它与这一本书卖得好与不好有很大的关系，与沈路的薪水和我的版税有很大的关系。

但这只是一方面。

没有人比我更希望，当你有一天走进书店里，一眼便从展架上看到它，或是沿着书架翻看了很久才看到它。当你拿起这本书的时候，你看第一眼，就喜欢上它；摸一下书封的质感，对它产生浓厚的兴趣；你翻开它，一段一段地读下来，一页一页地看下去，一篇一篇地用心感受，你会爱上它，或是有一点感动，或是难过得泪流满面，我只愿你永远记住这里面一个个平凡得不成样子的人与故事。

然后，它带给你与从你生命中带走的，到底是什么呢?

我希望它带给你的是你自甘平凡的勇气，带走的是跌跌撞撞闯入一种不属于自己人生的固执。

不管它叫什么名字，它很高兴见到你。

第 1 章

PART ONE

我曾悄无声息爱过你

- Part 1 -

1 我们三四个人的爱情

我最近常常对过去的一些事情情有独钟。

十年前我们在一棵湿润温暖的老槐树下深情地拥吻，二十年前我们因为忘了戴红领巾被罚而趴在教室的一角偷偷哭泣……过去的日子好像老胶片那么斑驳，它们像距离我们已经有好几个世纪一样久远。

我们小的时候，穿着蓝白相间的棉布褂子，橡胶鞋底上有一个个凸出来的疙瘩。说是钉子鞋，却也一次都没在长满矮草的土地上尽情地踢上一回球。

那些年，疯马石旁的打谷场上，谢娇娇是最受欢迎的人。

场子里有谢娇娇的爸爸。他混在一群男人中间，不喜言语，眼神有些木讷。一个人不断地撅着屁股弯下腰，把捆好的稻子往打谷机上递。谢娇娇的爸爸用钗子把从机器上甩下来的已经褪了谷子的稻草高高地扬起，轻轻一丢，稻草便乖乖地躺到疯马石旁边，形成一座山。

我们看见这座山的时候会格外地欢呼一阵儿，因为这是谢娇娇爸爸堆成的山。

活儿不多的时候，大人们掐着时间打完三垛或是两垛谷子要席地而坐休息休息。打谷场上不能抽烟，北方的深秋干燥热烈，一个火星子都能要了打谷场的老命。于是男人们被烟瘾折磨得直吧唧嘴，女人们扒了面罩，呼扇着帽子。

这时候该谢娇娇上场了。

十一二岁的谢娇娇声音很甜，压着嗓子给他们唱《甜蜜蜜》，唱《小城故事》。谢娇娇唱歌的时候一定要拍掉身上的灰尘和稻谷碎屑，把头发整整齐齐地别在耳朵后面，眉梢往上提，眼睛瞪得老大，声音婉转悠扬，清脆尖细，有人说像黄鹂鸟。

我们都没见过黄鹂鸟，但是如果像谢娇娇，那一定很美吧。

谢娇娇唱完了，我和毛头该上场了。我们俩把外衣口袋抻得老大，有的人往里扔一块糖，有的人往里塞个西红柿，有的人往里扔几分钱。

也有人什么都不扔，毛头就蹦着高跳起来，摘下那个人的面罩，说：“我看清楚你了，下次要给双份。”

大人们被逗得哈哈大笑。谢娇娇和毛头都很生气，这么严肃的一件事，大人们怎么把它当成玩笑了呢？

那些年我和毛头总喜欢跟在谢娇娇屁股后面，因为跟着，就有吃的。

我比谢娇娇小两岁，毛头更小，小四岁还是五岁，个子刚刚到谢娇娇下巴那里。所以我们叫他毛头小子，简称毛头。

谢娇娇爸爸是打谷场里的管事，是管事就能管人。打谷的时候，娇娇爸要监工，管着机器的运作、谁先打和谁后打。先打的兴许还能卖上好价钱，后打的可能就要等，时间长了，新米变成陈米就更不值钱了。

所以在打谷子的人家眼里边，娇娇爸爸简直就是阎王，是土地爷，是玉皇大帝，掌管生死，掌管收成，掌管命运。

谢娇娇的爸爸是个老实人，正直善良，从来不刁难任何一个像他一样艰难生活在疯马石旁的男男女女。所以想感谢他的人把善待谢娇娇当作了一种报恩的途径。

那些年谢娇娇也蛮气派，俩辫子高高地扎到耳朵上方，偷偷涂上她妈妈的雪花膏和口红。

有的时候看见谢娇娇鲜红鲜红的嘴唇，毛头害怕得直往我身后躲，谢娇娇拉着毛头的手在嘴唇上抹了一把，掉了两层颜色。

“这样行吗？”谢娇娇问。

谢娇娇比同龄的女孩发育得好，胸脯挺挺的，走起路来一颤一颤，辫子一翘一翘的。她经过的地方有男孩子们冲着她吹口哨，毛头从我们身后钻出来向他们吐唾沫。

谢娇娇高傲地走在队伍最前面，我和毛头跟在后面，每人口袋里鼓鼓囊囊的，塞满了谢娇娇从打谷场上用歌声赢回的战利品。

毛头那时候人小鬼大，爱耍小聪明，故意轻手轻脚放慢速度把自己远远地落在我和谢娇娇后面。我们发现毛头又掉队了，停下来等他。毛头磨磨蹭蹭地撵上我们，他一个口袋里面的好吃的已经少了一大半。

我以为谢娇娇会发脾气，把毛头狠狠修理一顿。可是每次谢娇娇都假装气得鼻孔快顶到天上去了，使劲摩挲着毛头的头，过了一会儿却又温柔得不得了。

她说：“你得多吃点，毛头，赶紧撵上我，撵上我才能娶到媳妇。”

到了我们十五六岁的年纪，谢娇娇已经不给打谷场的老爷们儿压着嗓子唱《甜蜜蜜》了。她只给我和毛头唱，声音浑厚了不少，不再是偶尔颤抖、忽近忽远的那个青涩的嗓子了。

那时候毛头的个子真是蹿高了不老少，一天看不到，他就好像要长高一大截。眼见着毛头赶上了我，赶上了谢娇娇，到了十四岁已经比十八岁的谢娇娇高出半头了。

我们还去打谷场，因为疯马石在那里。我们家乡流传着关于疯马石的一段传说。

说有个女人姓马，已经没人知道她的名字了，所以都叫她马氏。

马氏被父母强迫着嫁给了一个男人，男人对马氏还算照顾周到，但是他始终走不到马氏的心里面去，所以两个人生活得并不幸福。

后来镇子里出现了一个养马的，也姓马，叫马追。马追有学问，跟镇里粗老笨壮的老爷们儿都不一样。

后来马氏和马追好了。马氏的男人打听到马追有一匹心爱的马，马追爱此马爱到了疯狂的程度。

于是马氏的男人为了报复马追，偷了这匹马，远走他乡，不知去往何处。马追也没有心情再和马氏谈情说爱了，每天都在镇子口等他的马回来。时间久了，马追疯了，疯了之后还是在镇口等，最后风化成石，取名疯马石。

这是镇里老人讲的。也有人说，马追没化成石头。人怎么能化成石头呢？

石头只不过是前人拿来警示后人的，要知进退、守本分，破坏别人家庭的人，都不会有好下场。

我们小的时候不懂，只知道疯马石是块很大很平的石头，总有人踏在上面、坐在上面、躺在上面。久而久之，石头被磨得更平，太阳一晒下来，泛着油光，还挺晃眼。我们爱石头上的味道，有点土腥气，又有点温厚。

我们最爱在秋天的节气里爬到石头上四仰八叉地躺着。谢娇娇叼着一根稻草，旁边打谷场飘来的空气中夹杂着稻草香和稻草碎屑，香气四溢，却刺得脸颊生疼。

谢娇娇把妈妈的雪花膏拿来，挨个儿在我和毛头的脸上涂抹。涂完了以后，脸果然没那么疼了。

于是谢娇娇稳住了我们两位听众的情绪以后，放开喉咙给我和毛头唱歌。那些歌我和毛头都没听过，我们说好听，谢娇娇会给我们每人一颗糖；我们拍手欢呼，她会给我们更多。等她没有歌唱了，我和毛头吃完了糖还是吧唧嘴，谢娇娇就把糖全塞给我们。

后来谢娇娇的胸脯越来越丰满，她的衣服越来越紧。透过她前襟炸开的扣子缝时隐时现，毛头斜着眼睛往里窥视，眼珠子都快瞪出来了。每次谢娇娇发现了，就狠狠给毛头一巴掌。

再后来，谢娇娇唱完一首歌会问我和毛头：“你们说，我长大去唱歌，行不行？”

我和毛头各自剥开一颗糖，点点头。

再后来，谢娇娇对我和毛头的智商要求达到了登峰造极的程度。

她有时看着疯马石会发愣，就在我们以为她已经睡着了的时候，她忽然丢给我们一个问题：“你们说，我把疯马石砸了，行不行？”

我和毛头把刚剥开的糖纸合上，把糖重新塞回口袋里，说：“不知道。”

很久以后，谢娇娇跟我们说，生活就是有一种本领，能让你曾经疑惑的、迷惘的东西通过另一种演绎，给你一个苍白无力的答案。

这答案让你铭记于心，永世难忘。

在谢娇娇十八岁生日那天，她妈跟人跑了。

没有任何预兆。头一天我和毛头去谢娇娇家串门的时候，她妈还给我们烙贴饼子吃。

娇娇妈系着围裙，脸上涂着淡淡的粉。我们都喜欢娇娇妈，因为她是南方人，会做很多我们从来没吃过的好东西。她讲话细声细语，笑起来温暖迷人，随时随地见到她的时候都有一对小巧红润的嘴唇。

谢娇娇也有这么一对嘴唇。

毛头一手拿一个，塞得满满当当的嘴巴一张一合，往外喷着饼子末：“娇娇说，我撵上她就可以娶媳妇了，要不我把她娶了吧，可以天天吃贴饼子。”

谢娇娇跳过来，在毛头背上狠狠拍了一巴掌。娇娇妈笑了，笑弯了眼睛和眉毛，没发出声音，却好像整间屋子都充满了她的笑声。

那是我最后一次看见娇娇妈。

对于聚散离别的意义理解还很浅显的我们，不知道是傻还是单纯。

我们只知道去远方的妈妈，我们掐着手数，手指头还没用完的时候，她就会跋山涉水地回来，带一身疲惫也好，满身风尘也好；只知道某一天收到的挂号信，它说见信如晤，说想念良深，说归期有时。可是写信的人好像从来也不会从心里面走出来，拥抱着你，深情地说你长高了。

我和毛头不懂这种离别的意义，但谁也不舍得开口去问："谢娇娇，你妈妈什么时候回来？"

谢娇娇和我们一样，没有过多地去为这场突如其来的离别感到难过。

有句话怎么说的来着？天要下雨，娘要改嫁，路边的疯子再疯、傻子再傻，也终究能摸着路自己回家。

有人说娇娇妈妈是半夜夹着包跑的，跟一个开汽车的男人。那人倚在谢娇娇家大门口嗑着瓜子说得惟妙惟肖的，连弯着腰钻进车的时候先迈进哪条腿后挪了哪一侧的肩膀都演绎得十分活脱儿。

也有人说娇娇的妈妈其实根本就没跑，有人因为打谷场的事情去送礼，娇娇爸不收，所以娇娇妈赌气回娘家了。

谢娇娇对于这种不带任何感情色彩的嚼舌根行为从来不去理会。她把嘴唇涂得红红的，把辫子扎得更高，高高耸立到脑壳上，好像要钻到云彩里去了。

谢娇娇好像跟平时没有什么分别，像往常一样，按时起床、按时睡觉、按时上学，见了认识的人愉快地打招呼，听到了玩笑话，会咧开嘴笑上半天，把眼角一条浅浅的鱼尾纹笑出来了也满不在乎。

大家都在说，谢娇娇好坚强啊，谢娇娇真想得开啊，谢娇娇已经长成大姑娘了。只有我和毛头可以隐约感觉到，谢娇娇，她在用这种方式来刻意掩饰她的失落、伤心、祝福和思念。

娇娇妈走了以后，我只见娇娇哭过一次。

深秋的打谷场里，谷子一抔抔地从机器里钻出来，一个麻袋、十个麻袋，不一会儿，整个打谷场就都是装满稻谷的麻袋了。男人和女人都很兴奋，被风吹得满头稻草也没关系，谷子扬起的碎屑，刺得他们满脸通红也不在乎。

男人们吹着口哨，女人们唱着情歌，这无疑是一场盛大的狂欢。

一个男人透过轰隆隆的机器声向着谢娇娇吹了一个口哨："唱首歌吧，哥给钱。"

谢娇娇和毛头躺在疯马石上晒太阳。毛头先跳起来，显得有些暴躁，皱着眉头往地上吐了口唾沫。

谢娇娇一扬胳膊，坐到石头上，腿搭到下面。她清清嗓子，张口就唱，唱的是邓丽君的《何日君再来》。

她唱“好花不常开，好景不常在”。

她唱“愁堆解笑眉，泪洒相思带”。

唱着唱着，谢娇娇的声音越来越小，越来越缥缈。

啪的一声，谢娇娇被一巴掌扇了一个趔趄。

然后我和毛头听见谢娇娇的爸爸说：“丢人现眼，滚回家去！”

谢娇娇被打散了一边的辫子，鬓角的头发粘到脸上了。

谢娇娇很听话，胡乱抹了一把头发，转身就走。我和毛头看了一眼谢娇娇的爸爸，他像被袭击的猛兽一样，眼神里满是愤怒、恐惧、忧伤与凄凉。

我们安静地跟在谢娇娇身后，连个石子也不敢踩响，那个时候好像任何声音都显得太多余了。太阳斜照下来，把谢娇娇的身影拖得老长老长，一条蓬乱的辫子投影到地上。

目的地明明很近，我们却慢慢地走，各怀心事地走，好像走了一万年那么久。

到了家门口，谢娇娇停下脚步，看了一眼院子里面的一张青石板方桌。夏天的时候，妈妈在那里给她剥着向日葵的种子。她剥开一颗，要先掐一下，感受一下它的鲜嫩，随后才放到嘴里。

那时候妈妈可真好看啊。纤细光洁的手指，有的时候谢娇娇看见它们钻到泥土里被瓦砾刮伤，搓着玉米棒子被磨得粗糙，浸在一盆又一盆的污水里被泡得抽缩、变形，她心里面一阵疼。

在谢娇娇很小的时候，镇子里有个奇怪的传闻，说谢娇娇外公赌钱赌输了，才把她妈妈送到我们镇子里还债的。

当时谢娇娇的爷爷也算是镇子里的大户，她爸爸为了娶她妈妈，跪在地上逼着她爷爷卖了三处祖屋。

在谢娇娇生日的前一天，她妈妈走之前，抱着睡眼惺忪的谢娇娇嘤嘤地哭，撕心裂肺地哭，痛彻心扉地哭。

谢娇娇隐约看到有一个女人痛苦地从绝望中挣扎着、翻滚着，最后举步维艰地挣脱出来，带着瑟瑟发抖的声音在做一个了结。

那声音说：“二十年了，没有爱啊。”

十八岁的谢娇娇停在她家的院子前，没走进去，青石板和门前挂的一串红辣椒好像是戳在她妈妈记忆里的一根刺。

那根刺越来越大，越来越尖，穿透了妈妈的胸口，鲜血流出来，一汩一汩。要么把刺拔出来，要么带着它活，痛苦而又孤独地慢慢老去。

谢娇娇转头看我们的时候，眼泪从她脸颊上滑下来。夕阳打在她散乱的发梢上，她的眼珠一直闪着光。

她冲我们笑了，跟我们摆摆手，说：“我没事，你们回家吧。”

然后她转身走了。

我和毛头在她家门口站了一会儿就走了。

毛头说，那可能是他一辈子都不能原谅自己的事，没跟着她，帮她擦眼泪，帮她把头发重新绑好，牵着她的手把她领回家。

因为那一年那一天，那一个黄昏，十四岁的毛头不懂离别，小镇的烟火和米饭的香味弥漫了我们的全世界。

我和毛头都不知道，那一个转身，最后竟成了一别数年压在胸口的伤痛与怀念。

谢娇娇走了以后，毛头脾气特别大，赶上青春期了。他每天到谢娇娇家里找，每个屋子的房门都要打开，柜子也要打开，好像谢娇娇有变小的本领，任何地方都有可能是她的藏身之所。

终究把屋子翻了一遍也没找到谢娇娇，毛头立刻缩成了一团。

毛头有些怨我，说我那天怎么不拦住谢娇娇。

我说：“你不也没拦吗？”

毛头愣了一下，那个团缩得更紧了。

谢娇娇不在的日子，我和毛头还是会去疯马石那里。那里不打稻谷的时候变成了一个广场，镇子上的男男女女聚集在那里打牌聊天，啃着西瓜或者打毛衣的女人们会把别人的家常里短嚼碎了再吐出来。

原来毛头不爱听这些，后来每当有女人说话的时候毛头都会竖起耳朵听，他想从中获取哪怕一丝关于谢娇娇的消息。

毛头问我："你说谢娇娇是不是去找她妈了？"

我说："我哪知道。"

毛头又问："你说谢娇娇……"

我说："你能不能别老提谢娇娇，她走了也不说一声，我在生她的气。"

毛头不吭声了，眼珠子拼命乱转。

我等了好多年，毛头找了好多年。

好多年过去，谢娇娇还是没有音讯。谢娇娇的爸爸已经满头白发，秋天的时候拖着一副日渐干瘪的身躯到打谷场附近转悠。后来打谷场也没了，地被政府卖给了一个开发商，建起了一幢百货大楼。

我去南方读书那一年，毛头辍学回家，他爸给他开了个汽修厂。汽修厂就开在百货大楼旁边，疯马石原来所在的地方。

对，疯马石也没了。

谢娇娇走了以后，毛头每天拿着个大铁锤子去砸那块石头。或许在谢娇娇转身的时候，毛头已经弄明白了她为什么会问我们那句："疯马石为什么存在？追求真爱有错吗？"

这明明不是个疑问句。这明明是谢娇娇的嗤鄙与渴望。

毛头锤石头都震出内伤来了，石头才落了一块边角。

旁边经过的老人说："毛头真厉害，要凿一座石像？"

来广场跳舞的女人说："毛头力气用不完的话，帮我去搓玉米呀？"

毛头不理人。时间长了，毛头也觉得自己变成了艺术家，说不定哪天真能凿出一座雕塑来。

石头被拖走的那天，好像全镇的人都到场了。推土机和大吊车的发动机轰鸣声像要把耳膜震裂了。男男女女捂着耳朵相互大声议论着。有人在问这里要建个啥，有人在说这石头不是镇子里的宝贝吗，为什么要拖走。

开推土机的人把烟头扔到地上："宝贝个屁，这就是原来建工厂的时候多余的废料！"

机器轰鸣了一天，打谷场就变成了一片平地。地上的车辙纷繁交错，泥土被翻了新，冒着清香的味道。

疯马石戳在这不知多少年，谁也没想到有一天它会被当成一块废料给拖走。

拖走了石头，留下了一个泛着湿土的大坑，毛头坐在坑里呆愣了好半天。

过了一会儿，他问我："真没了？"

我拍了拍毛头的头，说："嗯，没了。"

那一瞬间，毛头哭了，挤着眼睛咧着嘴，肩膀一起一伏。我想起了那是在好多年前，谢娇娇给我们唱了一首歌，我忘了歌的名字，毛头不管这首歌有没有破音或者走调，都使劲地点着头说好听。

因为谢娇娇会温柔地摸一下他的头，然后塞给他一颗糖果。

谢娇娇就坐在这块石头上唱，声音悠悠扬扬传到上空，盘旋回转，随后消散在广阔天地之间。

现在那块石头变成一个坑，好像也有一个声音在往下沉，忧忧郁郁，像雾霭，像沉香，堆积成一片挥之不去的殇。

上大学以后我每年寒暑假都回家，每次回家的时候都会去毛头的修理厂看他，每次见到毛头的时候感觉都不一样。

有的时候我挺感谢时间的。

时间虽然偷走了我们小时候轻而易举就可以获得快乐的能力，但是给了我们即使不快乐也能活下去的勇气。

从前的毛头是个穿开裆裤、撒尿都要尿一腿的毛头小子，时间把它变成了一个拿着扳手满身机油味的男子汉。

后来毛头把头发留长，干活儿的时候在后脑勺扎一个小辫儿。没活儿或者有活儿也不爱干的时候，他就随便用毛巾抹一把脸，眉毛上还带着污渍，坐在客人送修的车前盖子上弹吉他。

原来谢娇娇唱歌的时候毛头就想给她伴奏。她唱的时候，他闭着眼睛，手腾在空中，胡乱晃动着，像是随着歌声画音符，更像抽筋。

后来没人唱歌了，毛头自己弹吉他。他经常弹完了吉他，手拍在弦上，声音是戛然而止的。

毛头从车盖子上跳下来，说：“我都有点忘了，这吉他给邓丽君的歌伴奏根本就不行。”

这时候从地上爬起来一个叫妆儿的女孩子，也是满脸机油，头发杂乱无章，像几天没梳了，却也不难看。如果她不说话，我几乎感觉不到她的存在。

妆儿说：“我看挺行的，好听。”

毛头就从修理厂跑出去抽烟。

毛头跳到一块青灰色的大石头上，打火机嚓嚓两下，火光一明一灭，毛头狠狠吸了一口，把脸背过去吐了一口云雾。

毛头问我：“熟悉吗？”

把我问的一愣：“什么熟悉吗？”

毛头拍了拍大石头：“它，熟悉吗？”

我抬起屁股，挪出了一块位置，撑开手掌摸了一会儿。它与一般的大石头没有太大差异，不过是油滑一些，它的一边裸露着几处被砸损的痕迹。

“是它。”我说，“这是你砸的，我记得。”

毛头又吸了一口烟:“嗯,那块废料。我花二十万把它买回来了。”

毛头抽完了烟，把烟头扔到地上踩灭。从对面商场里走过来一个头发花白的老人。

毛头喊：“谢老爷子，慢点走，别闪着腰！”

然后毛头跑了过去。

后来毛头又等了好多年。

又或者说，我不知道那算不算是真正意义上的等待，还是只是习惯了等一个人而变成了离开了孤独与等待就没法活下去。

有人形容时间的变迁,说是花凋零了又绽放,春与秋去了又回来。那些都是大自然的时间。

人的时间是没有轮回的，不会凋零了又绽放，去了又回来。我们的时间与青春，没了，就是没了。

忘了是哪一年，大自然的时间经历了几个春秋轮回，我们的时光消逝得让我们都觉得有些害怕了。

谢娇娇在那个时候回来了。她除了个子高了一些、头发剪短了以外，没有太大变化。

她从一辆大众牌子的出租车里钻出来。出租车司机落下车窗，不耐烦地从里面探出头问她：“小姐，还走不走？”

谢娇娇有些犹豫。

一个平时走路有些蹒跚的老头儿从屋子里冲出来，一把抱住谢娇娇，哭了。

谢娇娇也哭了。

司机摇摇头，拍了下计价器。一张出租车票吱吱呀呀被吐出来，司机拿了钱，踩着油门掉头走了。

那个走路蹒跚的老头儿，泪水从眼里倾泄而出，流过他沟壑一般的面庞。他甚至腾不出来一只手去擦干泪水，他的手一直死死地抓着谢娇娇。

这个曾经跑了老婆又跑了女儿的老头儿，他想念了她们许多年，想白了头发，想枯了脸颊。他这一次是害怕了，他害怕此时如果谢娇娇走了，可能就是真的走了。

谢娇娇不跟我们说这些年她去了哪里、见过什么人、做过什么事。我和毛头都疯狂地想知道这些，却都不问。

谢娇娇见到疯马石的时候有些兴奋，问我们：“它竟然还在这里？”

妆儿不知道从哪里跳出来，小声说：“嗯，毛头花二十万买回来的。”

毛头从旁边踹了她一脚。

谢娇娇有些羞涩，从皮包里拿出一张CD碟，想给我们，又好像不想给。

我们几个人安静了好久，谁也没说话。长时间的沉默压到胸口让人喘不过气来，好像时间就要停下来了，好像我们就要给压死了。

妆儿接过CD，陈旧的封皮上印着谢娇娇演绎出来的风情，里面有五首还是六首歌。

妆儿问：“走了那么多年，就折腾这事儿去啦？”

毛头又给了妆儿一脚：“修车去。”

妆儿往后看了一眼，我们也跟着看，一辆待修的车也没有。

妆儿抹了一把脸。我才发现，她那天把头发梳得很整齐，还涂了口红。

妆儿情绪有些失落，闷声不响地窝在一个犄角旮旯里抽烟。

我告诉她女孩子抽烟不好，妆儿满不在乎，吐了一个圈儿在我脸上，说：“我哥教我抽的。我以前跟他说抽烟不好，他跟我说，想一个人的时候，就该抽烟，不然越想越厉害，人还不得死啊？”

她说毛头呢，她管毛头叫哥。

我说："娇娇回来了。"

说完我就后悔了。世界上有的话，虽然又短又简单，但是无情又残酷。比如三十年未见的老友重逢，你与他对饮三天三夜，哪怕脸上多了两道褶子，你也觉得没关系。

三天以后，你们各自换上熨烫得一丝不苟的西装，相互拥抱，说："再见。"

你们都知道，这个再见，也许就是另一个三十年。

你们一愣，却谁也没说破。

妆儿又抽了一口烟，说："我知道啊，我比谁都明白。"

我听人说，妆儿不是一个有故事的姑娘，长得不算好看，学习不好，人安静，高中还没读完就跟着毛头来学修车了。

因为毛头穿着修理服一脸油污弹吉他的姿势很帅。

这话说的，像是你喜欢去一小餐馆吃饭，因为夜静星繁、灯火阑珊之后，老板娘收好了算盘，戴着围裙出来拉下卷帘门的时候，翘一下屁股，很丰满，很好看。

我以为这会是个关于三个人的爱情，有点复杂，有些难缠，后来才发现不是。那个假期没过完我就回学校了。有一天，妆儿给我打电话，说婚期定了。

我拿着电话好半天都没敢吭声。头一次听人说婚期定了，祝福一类的话变得如此难以启齿。

妆儿又犯病了，不说话，连呼吸的声音也听不见，安静得好像世界上从来没有这个人存在一样。

我捂着电话深呼了一口气，过老半天才敢问她："谁和谁啊？"

妆儿咯咯地笑起来："当然是我哥和那女的。"

毛头和谢娇娇的婚期定在一个月以后。妆儿自己花钱买了很多大红绸子，把毛头的修车店装扮得跟新房似的。

毛头花了几万块钱在店里安了一套音响，每天都放谢娇娇的专辑。不知道是音响贵，还是谢娇娇唱得好的原因，声音像是从里边流淌出来的，婉转清脆，悠扬动人。

不过自从店里开始放谢娇娇的歌以后，谢娇娇就再也不去那里了。她说听低音炮听得直头疼。

毛头也不再弹吉他了。他把吉他扔到了仓库里，才几天的时间就落满了灰。妆儿买了个吉他套，每天都去擦。

爱情的美妙之处就在于，它从来都不是对等的。如果"我爱你"就能平等换回一个"我也爱你"，也许很多痛苦和悲伤都没有了源头。

也有人说，如果一切的痛苦和悲伤都没有了源头，那活着也便没了意义。

毛头的婚没结成。我那个没送出去的祝福终究也不用送了。

过了半个月左右，一个男人出现了，留着长头发，有络腮胡子，眼镜快比脸都大了。

男人说他打听了很多人、找了很多地方才找来这里。谢娇娇一直在哭，她身边头发花白的老头儿像疯子一样，抽了一根烧火棍出来打他，一棍子打在他的胳臂上，一棍子打到他的屁股上。

谢娇娇忽然跪到地上，拼命地抱住老头儿的腿。

毛头坐在石头上，颓废地抽着烟，一根接一根，用一根火柴，抽了一包烟。妆儿的红布绸子挂在上空，迎着风飘荡。

妆儿抱着吉他窝在一个角落，她想或许毛头现在想弹上一首。但她始终没走上前去，说一句安慰之类的话。

我觉得有的时候妆儿像一片空气，像一扇窗帘，像一个咖啡杯下面的垫子，像一把原木桌子的腿儿，可能你永远也注意不到她的存在。

可她就在那儿，有了她，没有多余的色彩，没了她，你会不舒服。

后来带走谢娇娇的那个人，有人说他是一个大作曲家，谢娇娇那几首歌就是他写的。也有人说他是个江湖骗子，本来有家庭，骗走了谢娇娇的一切。

但是往往人们眼中的真相并不重要，重要的是属于我们的青春、年华、懵懂、爱情……关于我们自己的一切，都不需要是存在于别人眼里的真相。

谢娇娇走的那天，毛头和妆儿去送她。

谢娇娇低着头不敢多看毛头一眼，始终没有解释，也没有抱歉一类的话。也许在毛头心里，不论谢娇娇成为怎样的人、做了怎样的事，她都不需要任何语言来为自己做任何辩解。

早在很多年前，谢娇娇抚摩着毛头的头，她轻缓地、温柔地抚摩着他的头的时候，她说“你得多吃点，毛头”的时候，她所有的罪与罚，在毛头这里都可以得到原谅。

谢娇娇钻进车里，落下车窗，身子往外探着，她望了一眼毛头，又四处寻望始终没有出现的老头儿。

过了几秒钟，谢娇娇又钻回车里，将车窗升上去。

毛头忽然想到什么，他快跑了几步撵上谢娇娇的车。谢娇娇停下来，从车里走出来。

毛头从挎包里掏出个东西，打开谢娇娇的手，正儿八经地塞到她手里。

一把锤子。

毛头用来砸疯马石的锤子。

谢娇娇抓住毛头手的时候，手心里全是汗。她整个身体颤颤巍巍往前倾，像马上要扑到地上了。

她说："毛头，对不起。对不起，毛头。"

毛头笑着摇了摇头，没有说话。

车子终于还是离开了，带着一种焦躁不安的情绪。

尘土飞扬起来，遮住人的眼睛，模模糊糊让你看不清楚车子奔跑时的形状，看不清远离的人究竟是去了何方。

那天毛头和妆儿把店里的工人和顾客都赶走了，放下了一半的卷帘门。他们坐在门口的大石头上喝啤酒，罐子东倒西歪，打湿了裤角。

毛头说："妆儿，你再找一份新工作吧。脸上天天抹机油，嫁也不好嫁。不如去商场卖衣服吧，卖不出去你就自己穿上。"

妆儿一下笑了，笑着笑着就哭了："我把你店里都铺了红布绸子了，还以为你这婚真能结了呢。"

毛头点了一根烟，妆儿夺下来，说："老抽烟对身体不好。给我弹吉他听吧？"

毛头跷起腿，把石头上的所有酒罐子都踢下去："去拿吧。"

毛头弹的吉他不好听，尤其配上邓丽君的曲调，显得特别别扭。

只是，世间的事情就是别扭。比如有人爱上摇滚，就一定有人爱民谣，有人爱上民谣，就一定有人喜欢爵士的音调。

最终爱摇滚的人嫁给了民谣，爱民谣的人嫁给了爵士，一定会有一个爱爵士的人，守着自己的残缺，孤独终老。

有些事向来不是对等的，比如我们付出的青春，换回的不一定是踌躇满志，我们付出的情感，换回的不一定是花好月圆。

也许，这就是人生的美妙所在吧。

这就是我们三四个人的爱情、我们这一辈人的爱情吧。

不能说好与不好，却始终念念不忘。

2 乌云乌云，别找我麻烦

十多年前我跟王乌云打过无数个赌。

似乎每段应该好好享受青春的时光里，我和王乌云都在用打赌来打发时间。我们赌历史老师一节课会讲几个笑话给我们，我们赌前座的胖子早上吃的是韭菜盒子还是韭菜包子，我们赌下一节的体育课会突然变成外语还是数学课。

王乌云的头脑不够发达，她不认识历史课本中戴官帽留八字胡的那些胖官员，也不懂得为什么那么多数学习题要千方百计来证明结果等于零。

一个人不够聪明，所以会认为所有的事情都是麻烦。

王乌云功课很烂，她讨厌每一个在讲台上滔滔不绝讲上四十五分钟的老师。

好在这是一个看脸的社会，王乌云唯独不讨厌面相好的历史老师。

我们的历史老师是一位从俄罗斯留学回来的大男孩。他应该比我们大不了几岁，大四岁还是五岁。他喜欢穿着一件浅绿色的衬衫，留着清爽的短发，说话的声音像从留声机里传出来的一样性感又有磁性。

王乌云踏着铃声冲到历史老师身旁，踮起脚在他的耳边嘀咕了几句话，历史老师忽然笑了，想要拍王乌云的头，手在空气中停留了半天，胡乱抓了抓后脑勺。

王乌云一下子豁然，迈着轻盈的步伐朝我走来。她越走越轻，好像天空中的乌云一样快要飘起来了。

以王乌云为中心，方圆十里的人都认识她。她牙尖嘴利，嗓门极大，生气的时候眼睛瞪得很大，好像要把所有惹她厌烦的人物吞到肚子里去。

早上的时候，人们跟王乌云打招呼。

王乌云心情好，扒拉着头发，跟每个人都回一句："早噢。"

晚上下了课，人们肩并肩，挤在各自回家的路上，有人提着菜去做饭，有人抱着球去运动。没有人有多余的时间来去理王乌云。

王乌云踢一块石头，踢老远。

石头蹦到自在飞奔的自行车轮上，人从车上跳下来，骂道："哪个混蛋扔的石头？"

王乌云一扯书包带，脚底一溜烟，跑了。

王乌云有一头长发，她十分溺爱她的头发，每天早晨比我们早起半个小时洗头发、涂营养素、梳头发。到教室上早读课的时候，长发还没干，王乌云披着湿淋淋的头发，水珠滴答滴答地落到椅子上。她搭一本书在课桌上，脑袋顶着书本，龇牙咧嘴撕咬着一块韭菜盒子。

我很好奇，像男孩子一样生长的王乌云为什么还要留一头长发。每次我这样问，王乌云就把头发拢起来，一丝不苟地绑在后脑勺，抬起手把头发从后面抓到胸前，尽情抖着她的乌黑浓密、像瀑布一样的长头发。

王乌云矜持一笑：“我不告诉你。”

其实“矜持”两个字本应该和王乌云丝毫扯不上关系。王乌云可以大声地说出来她的三围尺寸，也可以倚在教室的门口冲我喊：“刚刚粪便排了一公斤。”

这时候如果坐在最前座的胖子发起抗议：“王乌云，你太三俗了。”

王乌云马上跳过来，扒开胖子的校服，揪着他的胸部：“谁三俗？谁三俗？这么大，是不是自己摸的？”

胖子不敢出声，也没人敢出声。

有王乌云存在的地方，世界都是属于她的。她好像什么都敢说，什么都敢做，并且做起来毫无顾虑、勇往直前。

王乌云学习成绩不好，但总有一堆大道理。她说勇往直前就是青春应该拥有的模样。

不用管明天是下雨还是闪电，不需要理会下一秒涨价的是柴米还是油盐，人生总应该有这样的一些时间，想笑就大声笑，想哭就放声哭。

青春是一场没有预告的电影，你永远不会猜到它的过程是平淡还是离奇，是眼泪还是欢笑，有鲜花还是风雪。你也永远不会猜到，那个电影中似曾相识的主人公会不会挑选一条好看的领结扎起来，在结束的时候拉起你的手一同谢幕。

在王乌云的电影里，她自导自演了很多戏码。

王乌云攒了很多钱，买了各种各样的明星贴纸发给班里的女同学。收了贿赂的女生会在历史课结束以后疯狂地跑上讲台，把历史老师团团围起来，缠着他讲在俄罗斯留学时候的事情。

王乌云在座位上只需要轻轻咳嗽一声，挡住她视线的女同学会很识相地扎个马步，留出一张完整的历史老师的脸给她慢慢欣赏。

历史老师说话的声音十分动听。

不管他讲李白还是工业革命，王乌云可以不听内容，但对声音一定竖着耳朵邀请它走进来。

历史老师被缠着讲了很多趣事。他讲去俄罗斯读书的时候，皮箱里不装书不装衣服，塞满碎花雨伞。俄罗斯的轻工业不发达，那里的手帕和雨伞，在姑娘面前比长得好看的男明星还要受欢迎。

雨伞占据了整只箱子，开始可以装几十把。后来生意火得姑娘们因为抢伞直打架，他就换了大个儿的箱子，再多装上几把。

受冷落的书和衣服被打包好，要坐着下一列火车翻过山越过岭，拼命地被押运到他身边。不过那已经是半个月以后的事了。

所以没有书读的日子，我们的历史老师和他几个同学在清冷的俄罗斯街头铺一张红布绸子，碎花伞还没摆完，腰包已经塞得满满装不下了。

王乌云知道历史老师喜欢打篮球。

于是她在课堂上最期待的事情就是班级调整座位。我们班每周一次大调整，前后左右地调，复杂又规律，一个学期下来几乎每个学生都能把所有的座位坐上一遍。

即便这样，仍然有人近视，有人斜视，有人摘了眼镜把脸快贴到书上了也看不清东西。

王乌云掐着手指，还有三周就可以换到靠窗的位置了，还有两周就换到靠窗的位置了……

等待的日子总是被拉得长了又长。

王乌云终于可以坐到靠窗的座位了，她常常托着腮帮，神情专注地搜索操场上奔跑的身影，那个穿白色T恤和青灰色长裤跳起来投篮的人，那个曾经翘了课去俄罗斯街头卖碎花伞的人，那个讲起历史像讲故事一样生动的人……

就是王乌云自导自演的电影中的男一号。

是王乌云所有的青春。

后来王乌云认真听了好几节语文课，写了一封情书。我和胖子都不敢猜测那究竟是怎样的一封情书。

我问王乌云："你识字吗？"

王乌云连鞋都不脱，脚底带着水和泥就来踹我的屁股。

胖子不敢问，更不敢违抗王乌云的指令，去把情书送给历史老师。他走的时候像领了尚方宝剑一样，沉重的剑柄握在手里，走路时"扑通扑通"，好像下一脚就会踩碎地板掉到楼下去。

我们看着胖子宽厚的背影，王乌云摇摇头："他是我见过的最胖的人。"

我也摇摇头："他是我见过最听你话的人。"

那个阳光正好的午后，我们趴在窗子口偷看。

历史老师穿了一套湖蓝色的运动装，一个又高又瘦的人把球传给他，他接过球，运着球转了个身，躲过了三个试图夺走球的人，起身跳起来把球投出去。球打到篮筐上，弹到了对方的手里。

他立了几秒钟，抓了抓自己被汗水浸透的头发。

王乌云“唉”了一声，瞬间泄了气，耷拉着肩膀和耳朵，托着腮帮子惋惜。

“不过，这画面真美好啊。”王乌云说。

没过一会儿，我们看见胖子一晃一晃地走到了这幅美好的画面里。他从口袋里掏出一张纸，连比画带说地在历史老师跟前忙活大半天。

王乌云抻长了脖子竖起了耳朵，就快把脑袋揪下来当成篮球滚到操场上去偷听了。

我问她：“听到了吗？”

王乌云说：“嗯，没听到。”

胖子回来的时候满头满身全是汗。王乌云从窗口递给胖子一瓶自己喝过的水，胖子站在走廊里，呆了几秒钟，拧开瓶盖把水倒在自己的头上。水珠顺着胖子的头发流过他的脸，流过他被汗水浸湿的白色T恤衫，流到他宽大的短裤上，滴答滴答，落到地板上。

我被吓坏了：“胖子，你干吗呢？”

王乌云也有她关心的事情：“历史老师说什么了没？”

胖子笑眯眯回答了我的问题：“热。”

我和王乌云等待着一个结果。

等着青春的电影放映结束，有人登台谢幕，更多的人曲终人散，海角天涯，各自为安。我们不知道在这过程中我们所追求的是对还是错，不知道结果是不是我们想要的那个样子。

只是在这种勇敢又胆小的年纪不做点什么，怎么对得起稍纵即逝的青春。

夏天的夜晚，透过篮球筐往天上看，没有月亮，星星很美。王乌云仰着脸披散着湿淋淋的头发，思考她乱七八糟的心事。

我问王乌云：“你给老师的情书里，都写了什么？”

王乌云说：“我写……青春很麻烦。”

那一年，破旧的影院里上映《十面埋伏》，胖子从家里偷了 50 块钱，请我和王乌云去看电影。一张票 20，三张票 60。

我们三个人凑了好久，也凑不出来另外的 10 块钱。胖子很识相地买了两张电影票，给王乌云买了一桶爆米花。

电影里刘捕头因爱生恨而把小妹杀掉的场景，把王乌云给看哭了。她嘴里塞满了爆米花，张大嘴巴哭，眼泪流到嘴里和着爆米花的香甜味道一起被她咽下去。

周围的人看过来。

我说：“王乌云，你别哭了。”

王乌云哭得更大声了。

走出电影院的时候，王乌云还没从悲伤中走出来。她说：“是不是想谈一场恋爱就是这么难？现在也是，古时候也是。你看刘捕头爱小妹爱得多热烈。”

我笑王乌云电影和现实都分不清：“你爸和你妈不是挺容易嘛！”

王乌云摊开手：“我妈说她不爱我爸。”

王乌云抹掉眼泪，逼我答应请她吃韩国料理，而她作为回报给我讲她爸妈无关爱情的故事。

20 世纪 80 年代，她爸是集乡村教师、校长、教导主任于一身的美男子。班里什么样的学生都有，从一年级到六年级，从七八岁到二十几岁。

她妈是年纪最大的那个学生，永远羞怯地坐在班级里最后一排。

据说本来村里的教师标配是两个，因为实在找不到一个认字又愿意干教师的人，另外一个教师名额就常年空着。

后来上面来视查，乌云爸就抓来乌云妈顶替老师。因为她已经读到六年级的内容了，算是认字最多的。

再说也找不出来别人了。

等视查的人走了以后，王乌云她妈找到她爸，说："干脆就让我当老师吧，你教我，我学会了教别人。"

王乌云她爸犹豫了一会儿，说："那你干脆给我当媳妇吧，我一天二十四小时教你。"

乌云妈没说不答应。

后来，她妈一直觉得有些后悔，自己的婚姻像一桩买卖似的。

我们穿过狭窄的长廊，看到售票台外面胖子躺在一排三座的塑料椅上睡得汗流浃背，胸脯一起一伏，打着呼噜。

我提醒王乌云："这不比打篮球的场景好看吗？"

王乌云把吃完的爆米花桶罩到胖子脸上，使劲拍他丰满的胸脯："真麻烦，起来了！"

我们去的那家韩式料理店的老板娘很凶。传说是老板从朝鲜边境买回来的媳妇，在家里表现得很贤惠，会热情地跪在地上捧住老板的脚，脱去他的鞋袜，给他打上满满一盆洗脚水。

其实她是厌倦了这种生活，所以把对老板的怨气通通撒到客人身上。

我和王乌云从小就来这里吃，老板娘做的烤牛肉是一绝。端上来的时候还发着吱吱的声响，口感外焦里嫩，王乌云说像小的时候外婆给炸的年糕。

胖子对我说：“你白给王乌云吃肉了，都吃出年糕味了。”

那一天天气很热，盛牛肉的铁板不断地把热气吹到我们脸上。我和王乌云龇着牙咬着肉，一边擦汗一边流鼻涕。

王乌云把肉吞到肚子里，气急败坏地叫胖子给她拿纸巾。

后来一双干净又好看的手把纸巾塞到王乌云手里，王乌云一抬头，鼻涕从鼻孔里流出来，被她狠狠地吸回去，顺着鼻腔流回嗓子里。

我们的历史老师，牵着一个女孩从料理店的一角钻出来了。

我和胖子都暂停了呼吸，不敢说话。

那个女孩的个子很高，大概有一米七的样子，长长的头发像森林里拥有神秘力量的瀑布，好看得不得了。

我们看见那个女孩转过身，柔顺的头发甩起来，历史老师温柔地摸了摸她的发尾。

王乌云噌地站起来，声音乱颤，好像舌头打了结：“老师，你把信还给我。”

历史老师问她：“什么信？”

那真是很窘迫的一个中午。王乌云吃了很多盘肉，好像流到铁板上的眼泪稀释了酱汁，明明很好吃的牛肉吃起来却无比酸涩。

胖子一直低着头，不敢看王乌云的眼睛。

我想，如果目光可以化作一把利剑的话，胖子已经可以用“英年早逝”来解释他的一生了。

我和王乌云都不知道胖子为什么没有把信交到历史老师手里，也不知道那天我们趴在窗口见到胖子递给历史老师的纸上写了什么。

胖子没说，王乌云也没问。走出料理店，胖子像往常那样，尾随着王乌云沿着一条永远走不完的街道走着，不知道前方是哪里，不知道有没有尽头。

胖子宽厚的背完全把王乌云遮了起来，把她深深地藏了起来。

其实离开料理店的那一天，我看见老板娘端着托盘来收拾我们一桌子的残羹，老板快走两步，抢先在她下手前夺下了托盘。

他弯着腰不停地挪动着抹布，她立刻到一旁擦着汗水发笑。

那笑，不是装出来的。

是谁说过北方的夏天要比南方好过一些？我真得要好好跟他辩论一场。

我会告诉他，那个夏天真的酷热难当。空气里面都偷偷躲着一颗颗小太阳，晒得我们焦躁不安，像气球一样膨胀，像焰火一样快燃烧起来了。

因为这样，王乌云剪了很短的短发，我分不清是三厘米还是五厘米长。她趴在桌上睡觉的时候，头发压在胳臂上，一抬头翘起一撮，孤傲地挺立着。

我以为王乌云生胖子的气会生很久，可是没过一个星期她就原谅胖子了。

我以为王乌云再也不会听历史课了，可是她好像听得更起劲了。

整个高三那一年，王乌云都像打了鸡血一样，对每一门功课都很卖力地听。我和胖子也受到了鼓舞，跟着王乌云做起了努力的好学生。

在一本本没有答案的习题本上，我不知道是王乌云做对了，还是我和胖子做对了。

或者我们都没有做对。

青春期的我们都有一种力量，对自己喜欢的人和事念念不忘。直到十几年后的今天，我们再把我们的青春岁月从记忆里挖出来，我们想与那时候的青涩和倔强握手言和，与那时候的幼稚和不够担当互道再见。

可是我们打算这样做的时候，发现即使那个时候那么不懂事与不成熟，回头想想我们走过的这段时光，我们还是最喜欢那个时候的自己。

那个时候我们喜欢就说喜欢，难过就说难过，开心的时候就笑，痛苦的时候就哭，每一个表情都是属于我们自己的，每走一步都是我们想要去的方向。

那个时候我们喜欢一个人，尚且懂得不是占有，而是把自己变成一个更美好、配得起他的人。

高考前的一段时间，王乌云写给历史老师的情书被曝光了。一个面目可憎的男同学把它从胖子书桌里偷出来，大声地朗读给班里的每一位同学。

结果很不尽如人意，胖子痛扁了那位同学的同时被揍进医院，历史老师被停课。

我和王乌云半夜偷偷去看胖子的时候，他的右眼已经肿得看不见东西了。

我们带了很凶的老板娘家的烤牛肉，胖子吃得很大声，酱汁滴到洁白的床单上形成一道难看的污渍。

王乌云塞给胖子一张纸巾，骂道："被人揍完了就更胖了，像一头猪。"

护士小姐看见胖子鼓鼓的腮帮，跑过来制止我们。

王乌云拉起我从窗口跳出去，我们听见护士小姐在冲胖子喊："肿成这样还吃牛肉，是不是不想好了？"

我们应该感谢胖子住的病房是在一楼，跳下去的时候我们踩到了一块湿软的草坪。我们应该感谢青春够漫长，纵身起跑的我们奋力追逐，追逐自己的梦想与人生，不管什么时候都还来得及。

后来王乌云去教导处大闹了一场。

我们不知道她是怎么闹的，总之教导主任同意胖子可以带伤参加高考，历史老师也可以回来上课了。王乌云从教导处回来的时候，面红耳赤，意气风发，像一只从战场回来的斗鸡。

我问王乌云是怎么办到的。

王乌云告诉我，教导主任命令她写一份深刻的检讨，在全校面前读出来。

做检讨那一天，王乌云故意把头发梳得很整齐。我和胖子挤在广播室门口，看到王乌云的手和脚都在发抖。

我想冲进去，胖子拉住我："王乌云，她行的。"

王乌云回头看了我和胖子一眼，冲着我做了一个夸张的口型。她在说："其实我妈很爱我爸。"

然后王乌云大声地检讨起来：

大家好，我是三年级二班王乌云。

我想跟大家说对不起。

对不起我的历史老师，他没有错。

我也对不起我的同学胖子，他也没有错。

其实我想说，没有人是错的。

因为青春，无论我们犯了多少错，它都会原谅我们。

我们的青春，它就好像一场电影。我们看起来好像是默默无闻的配角，因为所有人看起来都比我们漂亮，所有人看起来都比我们活得精彩。

我们是那么胆小又彷徨，害怕走错了一步，青春就这样没了。

我们怕谢幕时的鲜花和掌声和我们没有关系，怕拉上幕布的瞬间才后悔没有演好自己。

可是，总有一天，我们回过头来看看自己曾经走过的路，那个怯懦的无知的自己，那个单纯无害的自己，那个从来不会对自己和别人说谎的自己，虽然没有变成主角，但这就是我们的青春，有欢笑有泪水的青春。

那个夏天，真的好热。年轻又胆小的我们好像要被烤干了。

在那么火热的天气里，我们带着一点恐惧与希望走进考场。我们很卖力地写，咬着笔锁着眉头思考一个很难的问题。

我们想要写好每一个字，想要解答好每一个问题，因为我们每一个表情与动作都成全了我们的未来，都是我们自己上演的青春。

烤肉店的老板娘明明很爱那个头发已经半秃、露着胖胖的肚皮会冲所有人微笑的老板。她给他擦汗的时候，用了刚好的力道，不轻也不重，两个人笑起来，弧度都是相同的。王乌云的妈妈明明很享受这一场买卖般的婚姻。每当夏天很热的时候，她都会冰一只又大又圆的西瓜，一刀切成两块，挖出中间最甜最脆的部分放到乌云爸爸嘴里。

他们被人误会了青春，被人误会了人生中很多重要的东西，比如相亲相爱。

只是这场无关紧要的误会都是我们看客自娱自乐的消遣罢了。

那个夏天，胖子的眼睛消肿了很多，汗水把纱布都浸透了，他还知道把背包里的铅笔拿出来看看有没有削好。

王乌云伸着手臂摩拳擦掌，问我要不要再打一个赌。

我问她："赌什么？"

王乌云说："就赌总有一天我们全部会变成主角，难过了就哭，开心了就笑，走着我们自己选择的路，过着我们想要的人生。"

3 我们念念不忘的青春啊

我们之所以管老七叫老七，不是因为他在家真的排行老七。

当我们十六七岁茁壮成长的时候,老七喜欢一个女孩子,叫陈露。

陈露长得不是十分好看，脸有点圆，笑起来眼睛眯成一条缝。她在家里排行老六，据说在她前面五个都是姐姐，大姐、二姐、三姐、四姐、五姐。陈露她奶奶一心想抱孙子，可是到了陈露，她成了六妹。

奶奶在得了六个孙女之后，终于气馁了，跟她妈说："别再生了，再生一个女娃，咱家就金刚女葫芦娃了。"

后来老七喜欢上了六妹陈露，有事儿没事儿就往陈家跑。

世上本没有路，走的人多了，也便成了路。陈家本没有老七，去的次数多了，也便有了老七。

再后来"老七""老七"地叫着，我们都差点忘了他原本究竟叫什么了。

老七少年时是响当当的人物，他爸是县城的公安局局长，他妈是县医院的骨科医生。

老七本人可以说非常、十分、绝对是个美少年。

有一年流行玩滑板，老七斜挎着书包，穿着藏蓝色的校服，把衣领拉起来遮住半张白嫩的脸。黑色的球鞋在地上摩擦一下，刺溜一声，滑板载着老七飞出去两三米。

老七吹着口哨，刚洗过被吹干的头发在风中骄傲地摇摆，浑身散发着从他妈那里偷来喷洒的香水味道。

老七，美好得像一幅行走中的画报。

传说中的老七牛气得很，把人打断了腿，要先把人丢到骨科室去，然后警车呼啸着开过来接他去局子里喝杯茶，再呼啸着把他送回家。

传说中老七有很多女朋友，高的、矮的、胖的、瘦的，嗓门大的、爱撒娇的，会弹琴的、学跳舞的，随便在校门口吃一顿早饭，就能撞见仨。

传说中的老七好像是一本小说里的人物，随便翻到哪一页，都光辉得要命。看得姑娘的心像满是鲜花的田野，老七才低下头，整个世界就对他含苞待放了。

传说毕竟是传说。

活在现实生活中的老七，很像废柴，不敢抱着球一膀子撞进篮球场里跟个子更高的男同学痛痛快快地打一场篮球，光是滑板就被人抢走了三次。每次滑板被抢了以后，他都跟他当局长的老爸说是被大壮给借走了。

局长问老七：“你到底认识几个大壮？”

老七反应还算敏捷：“大壮不是个人。比我高大威武的人，我都叫他大壮。”

然而，大壮确实是个人。

常年给老七背黑锅的大壮比我和老七大三四岁，眼睛小，脑袋上有星星点点的白发，是开书店的。从男生宿舍半塌的那堵墙跳出去，直行三十米往北的胡同里拐进去就是大壮二十四小时营业的书店。店里摆着一些泛黄发霉的《一个陌生女人的来信》《安妮日记》《珍妮姑娘》以及讲黛玉、猴子、诸葛亮的四大名著，诸如此类的书籍。

有的时候，我们推门进去，大壮正在热烈地打着网游。那些书塞得满架子都是，破破烂烂的，七零八落，苍老得像牙齿掉光的老头儿，晚景凄凉得很，想要寿终正寝都没门儿。

其实大壮以租卖书为名目，干的是贩卖盗版光盘的勾当。那会儿大壮也牛气，电影上映前三天，他准保能弄到盘。

租一张盘一天按一块钱算，给老七算一块五。

老七也不是一定想要跟大壮这样混日子的人搅和在一起。十六七岁的少年，要么捧着书本学习，要么光着膀子打球，剩下的日子都叼着烟卷骑着脚踏车徘徊在各种学校的大门口吓唬小孩子。

老七还不够本事挤到他们任何一种人的行列中去。

所以，基本上除了大壮这样多少能占到老七一点便宜的人，也没有什么正儿八经的男生愿意跟老七交朋友。

为了感觉不是那么孤独，老七花了不菲的零用钱，买各种口味的冰激凌，买笔芯带香味的圆珠笔，买皮筋里带着金丝的发带，讨好他周围的每一位女生。

我们吃不到冰激凌或者跟家里要不到钱买口红的时候，就换上长裤和运动鞋，打女生宿舍钻到男生宿舍，翻过那道矮墙，一路跑到大壮的书店。

在那里，老七的书包胡乱地扔到书架前的矮几上，历史书、政治书和地理书散落一地。老七的脸上架了一副眼镜，猫着腰帮大壮整理乱七八糟的碟片盒子。

大壮坐在矮几前，读着蹩脚的英语。

大壮看见我们进来，跳起来热情地叫道：“老七，我买了苹果！”

我们赶快抓起矮几上的苹果：“好了，我们自己来，自己来！你的手很脏！”

这时大壮会用手擦擦鼻子，更害羞地笑。

在晚自习前，我们有一个半小时的休息时间，大壮常常会热情地邀请我们到书店里吃火锅面。

大壮的火锅面很简单，每人一包方便面放到锅里煮，扔两颗鸡蛋和青菜进去，搅碎。

一边煮一边吃，跟吃火锅似的，大壮管这叫火锅面。

一包面一块钱，鸡蛋和青菜各五毛钱，账要算在老七的头上。

吃完以后，老七在大壮的账簿上潦草地画上几笔。大壮狠狠拍了老七一巴掌，老七揉揉头，把笔迹画掉，认真地记上：“2004 年 5 月 5 日，欠大壮 4 元。”落款是“李川”。

那一年，老七还不叫老七，叫李川。

吃完火锅面，我们通常是跑回去的。老七一边喘一边告诉我，其实大壮是考上了大学的，读了一半就不读了，回来找他喜欢的人。

我问老七：“找到了吗？”

还没等老七回答我，我们就跑到教室了。

我不相信大壮考上了大学，因为他出租色情光碟，还老爱摸裤裆，抠鼻屎的时候把右手小拇指整个塞到鼻子里，拽出来以后，鼻孔要好久才能恢复原有的形状。

所以我不知道是大壮跟老七说了谎，还是老七对我说了谎，总之，大壮怎么会是一个有故事的大壮?

那年6月，我们为了配合上一届的高考，放假一周。大壮约我们去他的书店，说要介绍新朋友给我们。

在那里我们认识了大壮的表妹陈露。陈露是个艺术生，毕业实习来我们学校教音乐。陈露不教我们，而是担任初中部的实习音乐老师，但是我们见她的次数比她的学生还要多。

高中的年代有两种老师最舒坦也最可悲，一个是体育老师，另外一个就是音乐老师。“体育老师”这四个字，经常会以这样的形式呈现在我们面前：比如，班主任老师说，“今天体育老师生病了，体育课改成英语”，或者“体育老师今天请假了，这节改自习”。

陈露的处境更尴尬，连病都不需要生，直接被教导主任雪藏。所以，音乐课和音乐课老师陈露，更像一个传说。

我和老七没见过陈露做音乐时候的样子。

倒是大壮总跟我们说，老六跟乐器在一起的时候很美。老六小的时候就爱拉手风琴，她穿着背带裤坐在天台上，脚搭在长满藤蔓的花架上。那时候老六只会拉《莫斯科郊外的晚上》，拉错音符了就哭。

楼下站着一大群打完球汗水浸透衣服的少年，老六一哭，少年们在下面排成一排，对着老六的背影吹口哨，也吹《莫斯科郊外的晚上》。

老七觉得自己跟陈露受异性欢迎的程度差不多。每一次老七躲在大壮书店里忘情地打游戏的时候，一大群女生挤进店里缠着老七给她们买冰激凌。

女生们呼啦一下子挤进来，再呼啦一下子簇拥着老七出去。门口不远处就是小商店，老七掏出钱来，往盛满冰激凌的冰柜上一甩。

女生们发出尖叫。

陈露没课的日子经常来大壮的书店。有她在的日子，书店干净又整齐，老七不会买来盒饭洒得满地都是油汤，大壮也不再窝在地上一边看老七的书一边掏裤裆。

可是大壮不喜欢陈露来。陈露一来，租爱情动作影碟的男孩子们往里探了个头，看见不带一点风尘面相的音乐老师陈露，转身就跑掉了。

只有女同学们依然来。因为老七受欢迎的原因太多了，比如瓜子、热狗、煎饼果子，偶尔到了哪个女同学过生日，老七还会从家里偷妈妈的丝巾送给人家。

我们真正见到陈露认真工作时的样子是校庆的典礼上，她作为四个主持人之一登台。

那天陈露穿了一条湖蓝色的抹胸及地长裙，露出了一双肩膀。她跟在另外一个人的后面，踩着高跟鞋从台上缓缓走上去。那人说完了，话筒里发出陈露清脆温柔的声音。

我和老七坐着小板凳，淹没在几千人的浩大队伍里。我们头上顶着太阳，没有风，汗珠子从额头滚到脖子上。

教导主任在一旁小声地对我们说，擦汗要轻轻擦，不要做太大的动作破坏整体的队形。

开始的时候我们还可以忍受，临近中午，大家都开始往下摘帽子。早上刚发的小白帽子，很快被汗水浸成了黄色，戴在头上捂脑袋，摘下来晒脸。

老七难得地听话，帽子一直也没摘过，挺直了腰背，手搭在腿上，又红又肿，看起来像是快要晒炸了。

台上的陈露很美，偶尔会忘词，尴尬地冲着台下吐舌头，腼腆地冲着人群笑。陈露笑的时候，老七也跟着傻笑。我见过老七被男同学抢滑板、被女同学敲诈冰激凌的尿样，但没见过老七的傻样。

坐在前排沙发椅上的荣誉校友被陈露请上台的时候，老七也把衣领抚得平整一些，脚使劲在地上蹭，好像下一秒他也要登台。

我们坐了三个小时还是四个小时。我们看着陈露蹬着高跟鞋在台上好像快站了半年。

老七侧过身子问我：“你说，穿高跟鞋累吗？”

我们以为陈露就这样从头一直美到最后了，结果其中一个校友下台的时候不小心踩住了陈露的裙角。

春光尽现，一片哗然。

惊慌失措的陈露提着裙子捂着胸，连滚带爬地下了台。

老七一下子从椅子上蹦起来，蹿得老高。教导主任抬起胳臂，眼睛瞪老大：“李川，你站起来做什么？你站起来也看不清楚！你坐下！”

陈露好几天都没来上班，也没来大壮的书店。

大壮挖着鼻屎，满不在乎：“至于吗，就这点屁事儿？”

在那件事以后老七也变得不正常了，成天魂不守舍，打了上课铃，他才把屁股从大壮的椅子上挪起来，慢悠悠地往教室赶。

女孩子们蜂拥而至，叽叽喳喳响成一片，隐约间可以听见：“李川，给我们买冰激凌吧。”

老七头也不抬，把校服的口袋往外翻：“今天没带钱。”

女孩子们撒完娇就开始拍桌子、翻柜子。

老七只好从大壮的抽屉里掏出钱。

大壮认认真真在本子上记下：“2005 年 5 月 5 日，欠大壮 10 元。李川。”

2005 年 5 月 5 日，李川踏上了成为老七的不归路。

老七拉着大壮和我去陈露的家里找她。我们终于见到了大壮口中那个蛮受男孩子欢迎的陈露。

陈露住在一幢二层小楼里。天台上的藤蔓植物遮住了这幢老房子陈旧的痕迹。

陈露穿着一件宽松的白色T恤，背对着我们拉手风琴。虽然是一首我们没有听过的曲子，但乐音很动人，温婉、悠扬，像是斜风细雨的梦里，走进了一个刚刚睡醒的姑娘。

想拥抱她，觉得自己湿漉漉，只能让这场雨快停，或者把自己从梦里面叫醒。

一曲完毕，大壮扯开嗓门喊："老六，我们来找你喽。"

陈露扭过头，从天台上笑着向我们挥手。

天台上有一张很长很宽的木床，大壮说他经常躺在这张木床上睡觉。但那其实是陈露的奶奶平时用来晒蔬菜的，晒茄子、豆角、萝卜干。

用来坐和睡觉的时候一定要时刻盯着楼梯，奶奶要是发现了，会带着一把炒菜的铲子跑上来打人，一边打一边要叫骂："别把我的木床给坐臭喽！"

那一天，天好像很晴，我们需要眯着眼睛才能看清对方的脸。

陈露在花架子旁边盘着腿坐，时不时抚摩着身边的手风琴。陈露的头发绾了起来，高高地立在脑勺上。我们逆着光看，有一点看不清风是在往左边吹她的头发，还是往右边吹。

总之，我和老七都记住了那种云很淡风很轻的感觉。

大壮问陈露：“怎么不去上课了？”

陈露一笑：“本来也没什么课。”

她低头看看自己的胸部：“现在去了会很尴尬吧。”

老七说：“那你可以去书店啊。”

陈露耸耸肩：“我要准备毕业啊，要找工作啊。奶奶说，我要是找不到工作，就要到二姐那里帮忙打理店铺。”

大壮听了以后，忽然从木床上跳起来：“二姐开的是烤肉店，我们以后就可以经常去吃肉了吧！”

陈露也跳起来拍拍屁股，把手风琴抱起来：“也可以啊。我去给客人拉琴。”

说完，陈露把琴拉开了再推回去。

琴声清脆地在陈露胸前旋转了一个回合，飘到我们耳朵里。

大壮打了一个嗝，踢了鞋，回身躺到木床上，跷起二郎腿。老七的眼珠子一动不动地盯着陈露的手风琴。

我们看着它由长变短再由短变长，音乐奇迹般地跳跃在陈露胸前，在她的血液里，在她的脉搏里。

我们几个人在陈露家的天台上待了很久，听她拉琴，听大壮打雷一样的呼噜。其间我拉着老七溜进了陈露的房间。

在陈露床头的桌子上摆着一个相框，相框里有三个人：陈露、大壮和另外一个女孩。那女孩留着精短的头发，眼睛大，睫毛很长。

大壮那时候头发乌黑浓密，好像是躲在女孩和陈露后面，白白净净、羞羞涩涩，不像现在，完全一个糙老爷们儿。

一转身，陈露已经抱着琴站在我们身后了。陈露说，她叫小天儿。

小天儿是跟陈露一起玩音乐的，大壮因为小天儿，连大学都没去读。有一天小天儿追着音乐走了，把大壮留在了那个破书店里。

很多年过去了。

不知道大壮还会不会在抬眼碰见一条相似的街道时想起小天儿。只是大壮已经顶了一头花白的头发，肚皮的肉也松懈了。

如果真的再见到，小天儿会不会还认识大壮?

我们往窗外看了一眼，大壮正睡得香，张着大嘴打着鼾，手不自觉地慢慢挪到裤裆里面去了。

我们往窗外看第二眼的时候，陈露奶奶的铲子已经拍到大壮的肱二头肌上了。

大壮嗷的一声号叫着跳起来，在铲子再次到达他的脑门儿之前，他一把抱住了老太太。我们听见大壮声嘶力竭地喊：“外婆！我都想死你了，外婆！”

老七这个名字就是陈露的奶奶、大壮的外婆赠送给他的。

老七把平时用在女孩身上的招数都用到了陈露奶奶身上，水果拣软的挑，报纸捡图片多的买，还专门买了把铲子送给老太太，用来拍大壮。

连着去了一个星期，“李川”这个名字就改成老七了。

陈露的事情好像比我们想象的复杂。据说之前有个小学和陈露有过约定，只要她顺利毕业，就签合同，当那里的音乐老师。

结果出事以后，那个学校说陈露违约了。

究竟是陈露违约还是学校违约，我们理不清头绪。

那真是一个漫长的 5 月。不管是对于我们，还是对于陈露。

为了备战 6 月的高考，学校把下晚自习的时间延后了一个小时，黄冈中学的试卷被数学科代表、语文科代表、英语科代表……像传送带运送刚出炉的新鲜面包一样，我们明明很撑，但是只能硬着头皮往肚子里塞。

好像每一秒都被拉成年和月那么长。

陈露最后一次去我们学校办理手续时戴着一个大口罩，除了一双眼睛，口罩把什么都遮住了。校庆以后，关于陈露的流言就一直没停过。

老七远远地跟在陈露的身后，看着她从办公室里捧出一个空荡荡的盒子。也许里面有一两本关于音乐的书籍，也许还有一份印有终止和陈露的实习关系的通告。

陈露专门挑了午休的时间，校园里很空。柳枝被吹得胡乱摇晃，篮球场上有几个男同学光着膀子打球打得满脸通红。

陈露在看台上坐下，老七也坐下。

“你知道一个女人什么时候最伟大吗？”老七问。

陈露摇头。

老七拍了拍自己的胸脯，说：“哺乳的时候。世界上，没有哪个人不是喝了他妈的奶长大的。喂奶的时候都是光着。”

陈露忽然就笑了，把口罩摘下来，说：“别骂人。不过谢谢你。”

没一会儿，太阳晒了过来。

陈露往老七的方向靠了靠。

陈露说：“李川……老七，其实我就是觉得，因为这样的一件事情就没法当音乐老师了，太荒唐了。”

老七身子往后仰，手臂撑着身后的台阶，整个人摆成一条斜线。风吹过他的面颊，透过他的蓝色校服，穿过他的每一寸肌肤。

老七说：“不是还有其他学校吗？不是每个校长都没喝过他妈的奶吧？”

陈露又笑了。

你见过那种发自心底纯粹的微笑吗？没有杂质的笑，像风吹过来，树叶被撩起，它挣脱了树枝，啪的一声落到你肩上。

你一低头，可以闻到一阵叶子的味道。

老七在陈露脸上见到了这种笑，他看呆了。

老七说："陈露，你别笑了。"

陈露问："为什么？你说这么多不就是想逗我笑？"

老七低下头："别笑了。"

陈露果然不笑了，一只气急败坏的篮球砸到了老七的肩膀。

从远处跑来几个男同学。

"哟，这是那个暴露狂和送我们滑板的那位。"有人说。

"把篮球扔过来。"另外一个脸上带着一块很大的胎记的人说。

老七从台阶上跳下去，四处搜寻篮球。他跑到一个荒废了的木架子下面，跪到地上伸长了手臂去捡球。他用一根中指拨了一下，球极不情愿地滚过来。

老七把篮球抱起来，跑过去交到"胎记男"手里。

"胎记男"盯着陈露，狠狠地往地上吐了一口唾沫。

不战而胜的一群人耸着肩膀高歌着离去，篮球被打到地上，又腾地一下被弹起来飞得老高，好像要飞到天上去。

老七目送着他们离开，一回头，陈露已经重新戴上了口罩。

老七好像又回到了一个人的时代。

他不得不站在远离人群的地方，看着他们喧哗纷杂又热烈勇敢地活着。他想要融入他们的世界，好像只有通过失去一副副滑板和一个个冰激凌，以及表现出让自己憎恶的怯懦与油腔滑调才有可能。

老七常常不喜欢自己。他听说讨厌自己的人会痛苦、会埋怨、会失眠，一宿一宿地不睡觉。可是老七一粘枕头就着，不管门外医生妈妈看到老七把“10”改成“100”分的成绩单时的叫骂声有多大，也不管局长爸爸加了夜班回家关门的声音有多响。

老七可以酣然大睡，直到第二天一早被一泡尿憋醒。

所以老七更加不喜欢这个连失眠的功能也丧失的自己。

好像全世界只有爱摸裤裆的大壮才真正喜欢自己。因为每当大壮在账本上记上老七欠的账时，大壮的眼睛都在放光。尤其是在写“李川”两个字时，他用力地写，认真地写，生怕写错了一个笔画，李川就不再是李川了。

既然大壮这么喜欢自己，老七已经下定了决心，在他离开这座城市上大学之前，他要一把烧了大壮的账本。

一个男人记住另一个男人，怎么能用这么老套又不讨喜的方式呢？

后来大壮的书店被查封了，原因是涉黄。

他们把大壮的店翻了一遍，装了两后备厢的光盘。大壮被带上警车的时候，周围的人呼啦一下子围了过来。

大壮胡子拉碴，穿着一个大裤衩子、一双又黑又破的人字拖，把头使劲往下低。

老七远远地看见大壮，他大声喊：“大壮！”

大壮钻进车里，透过窗子冲老七微笑着挥了挥手。

警车绝尘而去，人群呼啦一下散开，留下一堆乱七八糟的脚印。

老七钻进大壮的店里，从一张破旧的小床下面拽出滑板，用被子抹了抹灰。

那天的天空很好看，云朵很饱满。

老七斜挎着书包，藏蓝色的校服系在腰间，白色的T恤浸着些许汗。黑色的球鞋在地上摩擦一下，刺溜一声，滑板载着老七飞出去好远。

他们会把大壮带到哪个地方，老七从小就熟悉得很。对那座冰冷严肃的建筑，老七连地上有多少块砖瓦都能记住。

他从小见过局长老爸抓坏人的样子，坏人被人带着往里押送，忽然挣脱开，从楼上蹿到楼下，老七飞过去把他按倒。坏人抬起头来，狠狠地瞪了老七一眼，老七吓尿了裤子。

从那以后，老七再也没硬起来过。

不是生理上的，是心理上的。

老七没帮上什么忙。

老七抱着滑板在门口等大壮。他的头发像被水淹了一样，湿漉漉地立在头上，胸脯忽高忽低，有些生气，他刚刚想走进去对他的局长老子说点什么，比如“店是我和大壮一起开的”，或者“你要封他的店，我就结果了你儿子”一类的话。

老七还没说话，老爸就把大壮的账本丢到他脸上，让人把他轰了出来。

最终大壮的店还是被封了，人被放出来。

走出警局大门的时候，大壮的胡子好像更长了。他昂首挺胸，深呼了口气。

见到老七，大壮跑过来抱住他。

大壮哭了：“老七，我什么都没了，老七。”

老七把滑板扔到地上，从头上抹下汗水，甩到地上。

“没事儿，大壮，路长着呢。”老七说。

人生是应该被算计的。

算计着一共有多少天、多少小时、多少分、多少秒，掰着手指脚趾算，用计算器一个键一个键地敲，用棍子在泥土地上一个格一个格地画。

每掰一下、敲一个键子、画一个格，我们的人生就短了一些。

我们就更懂得感念曾经的那些日子，我们流过血流过泪，恨过也爱过，我们才会更加珍惜，更加懂得爱该爱的人，为自己想要得到的付出更多的努力。

可是我总计算不好，我们的青春是在哪一年开始的还是到哪一年就结束了。

那年高考结束以后，大壮和老七拉着我和陈露在学校里抽烟。他们抽，我和陈露做观众。

大壮决定去找小天儿了。他不知道会不会找到她、她是不是还记得他。只需要看到小天儿过得很好，大壮就可以放下了。

背着过去生活的这些年，太累了。

我问大壮："又会花多少时间来放下？会不会很久？"

大壮摇摇头，说不知道。

陈露抱着琴，时不时拉一下，浑厚又柔和的手风琴声音真好听。

陈露说："过几天就要回学校答辩了。能毕业真好。"

老七问陈露："毕业以后你想去哪儿？"

陈露低头看了一眼键盘，闭着眼睛把它拉很长。

嗡……

"去一个能让我当音乐老师的地方。"陈露说。

老七说：“等我毕业。”

陈露立起腿，把手风琴架在上面，终于给我们拉起了《莫斯科郊外的晚上》。乐音舒缓，轻快温柔。

那天没有风,我们坐在林荫下的路牙子上,头上的树叶茂密葱郁,脚下的青石板烤得小腿发烫。

在我们身后，依旧有一群人光着膀子拼命地往篮筐里投球。他们好像从来不怕炎热不怕风雨，不怕篮球被打爆了以后就没有篮球可以投了。

老七捏着烟用力吸，从鼻孔里喷出一股青烟。他把烟头往地上一扔，用脚踩灭、拧碎。他把身上的T恤脱下来摔到地上：“走，大壮，打球去！”

老七和大壮光着膀子，冲进球场。我顺着人群往里看，一个个赤裸结实的胸膛，好像分不清到底是老七还是大壮，或者其他什么人，他们胳臂压着胳臂，肩膀碰着肩膀。老七跳起来抢了一个球，接着转身投篮。篮球在筐子边上转了几圈，终于钻进网子里，落到地上。

老七冲着我和陈露的方向，用拳头捶了捶胸膛。

陈露冲着老七笑，低下头认真地拉着她的手风琴。乐音温婉、悠扬，钻进我们的身体里与生命中，就再也不愿离去。

就像那些年，落在空荡的教室里和宽阔的操场上的黄鹂鸟，就像那些年走进我们人生的快乐与忧伤，被写进日记，被惦念在心上，被封存在回忆里，最终成为我们念念不忘的青春。

第 2 章

PART TWO

我曾悄无声息爱过你

- Part 2 -

4 我们都要好好的

2006 年秋末，宝贱驾驶的丰田霸道沿着川藏公路由西向东快速行进。窗外一片枯黄色，远处的山顶着白色的山尖，与空中飘浮的云相映。

宝贱没心情理会这些。车上放的音乐是一段佛经，声音舒缓柔和。偶尔有被轮胎轧过的小石子绷起来，零乱地敲打着底盘。

有人说，世间是一张揉得褶皱的纸，佛经是一双大手，会使劲把它铺平。所以常听佛经的人不会经历大喜或是大悲，因为他们都用大手把它捋平了。

宝贱抬手把音量开大了一些。

途经怒江 72 拐的时候，道路变得曲折。

坐在副驾驶座的珠宝说："慢点。"

宝贱松了松油门，速度没减下来。

车又行驶了一会儿，路面弯曲得厉害。

珠宝有些紧张，轻轻挥打着宝贱的右肩，说:“靠，你慢点，慢点!”

宝贱抬脚去踩刹车，车子还是没有反应。

宝贱也有些慌，双手紧握方向盘，瞪大眼睛看着前方的路。

一处 90 度的拐弯，宝贱狠踩着刹车，车速降到 80 迈，车子呼啸着飘移过去。车子还没摆正，只听砰的一声，右后方的轮胎爆了。宝贱吓得迅速调整了方向，车子拖着一只漏了气的轮胎向前足足行驶了两百米才停下。

车内的暖气十足，宝贱身上的格子衬衫已经湿透了。惊魂未定的珠宝眼泪顺着脸颊流下来。

宝贱转过头：“靠，大老爷们儿哭什么哭？”

珠宝说：“没，没哭。”

宝贱问：“那你脸上是什么？”

珠宝抹了一把眼泪，舔了一下又吐出来：“尿，眼睛吓尿了。”

宝贱从车上走下来，一阵清冷的风吹透了他。

顺着宝贱的前襟掉下来一块东西。宝贱低头看，是挂在脖子上二十年的玉，从正中间裂开，一半仍然挂在脖子上，一半掉到了地上。

玉是宝贱刚懂事的时候，父亲亲手拴在他脖子上的，说："这东西——呸呸——这宝贝关键的时刻可以帮你挡住厄运。"

那年在山西老家，一个面积不大的面馆里，屋里弥漫着浓浓的老陈醋味。宝贱被父亲搂着，戴上了这块玉。

一旁的人点了两碟凉菜和羊肉、几碗扯面，一壶酒配几个盅，嘴里含糊不清地说着什么。

老板娘身形宽大，脸圆圆的，面部常年充血，双手能一起端上来两碗面、两个肉夹馍再夹上两瓶啤酒。

老板娘伸过头，仔细瞅了两眼说："玉是好东西。"

宝贱那年嗓音还青涩："宝贝。"

面条上来后，父亲放下宝贱，摘了眼镜低头吃面。宝贱也低头，一股热浪涌到宝贱脸上。

宝贱把半块玉捡起来握着。

这一天父亲头七，宝贱足足开了一天一夜的车，到父亲出事的怒江 72 拐，接他回家。

前方不远的路面完整保留着事故的痕迹，车子损坏残留的碎片还没被清理干净，几处轮胎与地面激烈摩擦的轨迹很刺眼。

宝贱说："应该就是这儿了。"

宝贱走上前，脱下衬衫，用手把地面上的碎片搂起来，裹到衬衫里。他把碎成两半的玉合起来，一起放到衬衫里。

“愿它为我在天堂里的父亲挡住厄运。”宝贱说。

随后宝贱扑通一声跪到地上，失声痛哭。

珠宝也盘着腿坐到地上，哭了。

声音沿着绵延的群山传到了天边，从山尖白茫茫的雪里一直传到天上，跑到云朵那么高的地方去。

我 2005 年认识宝贱。他，国字脸，体态匀实，戴眼镜，操一口标准普通话，声音厚重好听，是校电视台的男主播。

不得不说那年我们学校电视台是个迷人的地方，写一篇文字稿 5 块，扛着摄像机拍一条 5 块，出镜一条 20 块。稿酬如此低，每年来面试的学生却排队排得都快把脸挤扁了。

我记得有一年有一个女孩子来面试，几位出镜主持人、记者、摄像做考官。试题简单：如果放你进来，你想做记者还是出镜?

女孩子表现得十分自信，她说做记者，因为出镜露个脸就行，不用使脑子。她想做一些有挑战的事情。

主持人脸色难看，像吃了一口屎。

女孩子最后还是成功地从几百个面试者中挤进校电视台做了一位记者，毕竟大学里套路还是少。

校电视台的驻地在我们学校唯一一幢带有电梯的教学楼的 14 楼。办公室有些简陋，一间办公，一间化妆兼演播，一间操控间。

办公室的对面是值班室，2006 年以前是宝贱和另一个人住在里面；2006 年以后，我的男朋友攀攀搬去和宝贱一同住。

每次我去 14 楼找攀攀的时候都能碰见宝贱。宝贱比我和攀攀高一年级，学金融，大部分时间一脸严肃正派，把值班室和办公室收拾得比女生的脸都要整洁利索。

我和校电视台的几个女孩子都挺怕宝贱的。他从不与我们多说话，也不对我们笑。

宝贱对待男生和对待女生不一样，见男生第一面就可以坐下来一起喝酒吃肉，吹起牛讲起黄色笑话可以不眠不休到天亮。

所以常常是，我们女同学挤在狭窄的化妆间里，即将出镜的女主播为了化妆，翻开柜子，一堆公用了几年都没用尽的口红、粉饼、眉笔立刻滚出来。

化妆的女孩是婉清，她用手拨弄两下柜子里的化妆用具，挑几样必须用的。几个女孩子围上来，叽叽喳喳，笨拙地在婉清脸上涂抹着。

宝贱和攀攀几个男生在操控间里闲聊，有人坐在椅子上跷着二郎腿，有人站立着双手抱肩，有人坐在地上盘着腿。

盘腿的人一定是珠宝。

珠宝声音不算好，文字功底不算好，体力也不算好。

所以珠宝这样的条件在学校电视台里基本上可以排除出镜、记者、摄像的工作。唯一把珠宝留在校台的原因大概就是他对校电视台的满腹热情。

听说在校台里，珠宝包揽了打扫卫生、倒垃圾、买盒饭等一切后勤工作。

待婉清化完了妆，手法拙劣的化妆师们从她身边散开。隔壁的男生们可以透过一扇硕大的玻璃墙将化妆间里的一切一览无遗。

原来在椅子上、地上坐着的男生，全部站了起来，同刚刚立着的人一起露出惊恐的面孔，惊恐却不说话。

只有宝贱敢说："怎么这么丑？"

婉清赶快捂着脸，自己对着镜子再照一遍。眉毛和眼线不分主次地乱涂一通，脸颊血红一片。好好的一个漂亮姑娘被我们涂抹成了妖怪。

婉清擦了脸，裸妆上镜。

婉清是典型的长沙湘妹子，漂亮，热辣。

到这里不得不说一说长沙。

我们上学那会儿，是"超女""快男"最火的时候。后来我有些湖南的同学踏出湖南省去旅游，被饭店的老板捉住就问：“你们是不是长沙来的？你的口音和汪涵一样。”

陕西人宝贱说湖南话说得也地道。有一次，我们在砂子塘一家生意红火的小店吃黄鸭叫。长沙地势属丘陵，住在同一个小区里，一幢楼的楼顶或许要比另一幢楼的楼底还低。

吃饭的桌子摆到外面，一边的桌角要垫上砖头。吃饭的时候稍不注意踹到砖头了，碟子里的油就会潽到桌面上，洒到裤子上。

老板一路小跑着出来致歉。

彼时宝贱已经灌了自己两瓶啤酒，自以为是地狂飙长沙话：“毛四嘞毛四嘞……”

意思就是没事没事。

老板一开口，满桌子的槟榔味道。

“你家是益阳滴不？”他一边擦桌子一边问。

宝贱挥挥手，再来一份黄鸭叫。

后来我们一个一个离开长沙。

没人曾说“我会离开”，也没人说“我要留下来”。

偶尔想起，在凌晨两点的解放西路，我们蹲在玛格丽特门口，看着车水马龙，路灯和车灯把长沙的夜照得跟白天一样通明。

旁边三五成群的男男女女吸着烟，往外吐着烟圈，用长沙话打情骂俏。有情侣模样的人相拥着从酒吧里走出来，几个头发涂成各种颜色的年轻人簇拥着走进去。

我们爱的，或许就是此时弥漫着欲望泡沫的长沙。

它或许还有千万种模样，橘子洲头的烟火璀璨，长郡中学门口的少男少女始终不敢牵着手走路，湖南广电门口举着明星海报的追星者们泪流满面地喊着一个有些熟悉的名字。

每一个人，都有自己深爱的一个长沙。

长沙的夏天极热，坐在屋里不运动也会汗流浃背。宿舍和教室的风扇吹出的都是热风，我和珠宝等一干人跑到 14 楼蹭空调。

最多的时候一间不足三十平方米的小屋里塞十几个人，床上、椅子上、地上都是人。男生们吹牛，女生们假装看书，听着男生吹牛。

偶尔有男生脚臭或者放了屁，大家捂着鼻子把窗子和门全部打开，把空调冷气开到最大。如果有哪个屁落了空，没人认领，大家一起找放屁的人，手举起来发毒誓：“如果是我放的，一辈子娶不到老婆。”

宝贱也把手举起来：“一辈子娶不到老婆。”

这种方法是捉不出罪魁祸首的。

下一轮大家举着手说：“娶个丑老婆。”

宝贱只好说：“是我放的。”

隔着三四间屋子就是电教中心的办公室，里面常年住着一个颇具才气的老师。他背着双手走过来，帮我们关上门，教育我们说：“不要浪费国家能源。”

我们趴在门上听，等他走远了，我们再把门打开通风。

宝贱和攀攀除了偶尔光顾点名严格的老师的课以外，基本上都待在 14 楼吹空调。

宝贱靠着办公室窗子往下看，看楼下的男男女女来来往往，有的是情侣，牵着手走路，有的看不出是情侣，隔得不远不近，男生走两步停下来等女生。

我和攀攀、珠宝几个人挤在值班室里，用电脑翻看一些过期的电影，《功夫熊猫》《变形金刚》……正对着的两扇门都开着，我们时不时歪过头看宝贱，他在那头盯着楼下看累了，就跑到电脑前玩“大富翁”。

夏天晚上，整个学校十二点门禁。

十二点，把长沙的夜分成热死人和热不死人两界。宝贱和攀攀在空调房里挨到这个点以后，从 14 楼跑下来，在门缝没关严的瞬间溜出去。

看门大爷把点掐得很准，十二点一到准关门。宝贱和攀攀却不能永远及时，晚了一时半刻，央求着大爷给开门。

门口的岳阳烧烤和小吃摊从下午三四点一直营业到凌晨三四点。

嘴里嚼着槟榔的烧烤小哥光着膀子，汗从身上一直流到屁股上。

烟熏得人睁不开眼，夜黑得看不清他的皮肤是什么颜色。

宝贱和攀攀要二三十串肉串、一盘韭菜、一盘卷心菜，小油壶里的油滴在满是油渍的铁盘上，盘下的酒精燃烧出蓝色的光。

他们每人要一瓶刚从冰箱里拿出来的白沙啤酒，啤酒顺着嗓子流到胃里。一天没吃东西的宝贱打了个激灵，深情款款地骂一句:“去他妈的长沙！”

真热。

多的时候宝贱和攀攀一个星期晚上能溜出去六天。后来一楼看门的大爷不给开门了，宝贱想了很多办法，比如借口说同学患急症住院了。

同学们住了一遍医院以后，老师也得住院。老师也住一遍了，宝贱开始给大爷送水杯，送笔记本，送收音机，能送的全送了。

送完了以后，大爷真不给他开门了。

宝贱花了一下午的时间来研究这幢楼的构造。它由南北两座塔构成，从二层中间的连廊与北楼连接的部分勉强可以爬下去。

一楼十分高，最起码顶普通建筑物两层那么高。宝贱和攀攀从14楼爬楼梯下到二楼，跳出二楼窗子，爬过一个漏水台，踏着漏水台、踩着隔壁铁窗的防护网，顺着铁窗子爬了下去。

返回的时候也是用同一种方法，只是难度会加大。

所以两个人冒着生命危险爬下来，吃夜宵的时间会有意地拉长。

有的时候两个人吃完夜宵后不直接返回14楼，而是在校园闲逛。凌晨以后的学校格外幽静，风吹过屋檐下的蜘蛛网，网子坚强地绷起来，跟着风一起摇曳，凑过去仔细听，像风在弹奏吉他。

校医院的门口有一盏温吞的灯，幽暗疲惫，从我们入校就一直开着，不知换了几个灯泡，从没见它正儿八经地亮过。

医院门口有五六级台阶，宝贱他们挑一块背光的地方坐着，不聊天，干坐着。医院斜对面的墙上装了一个自动售卖安全套的箱子，一块钱一个。

白天的时候我们从没见有一个人正眼瞧它。奇怪的是，投币与按钮的地方从来都不落灰。

宝贱和攀攀坐在台阶上看，看着有男生来买，也有女生来买。有人一次买一只，有人一次买七八只。

宝贱和攀攀展开深刻的讨论：这是一夜用的，还是一周用的？

2006年，宝贱花了880块报了新东方雅思英语强化班。

那时候我们一个月的生活费不过几百块，家里条件稍好的学生有1000块。按平均每人每天30块算，学校的早餐3块一顿，午、晚套餐价格是3块，每天剩下21块钱。男生要理发、洗澡、去网吧打网游，300块；有女朋友的要买各种礼物讨好她，300块。女生要买护肤品、买衣服、烫头发，逛起街来买一堆没什么用却十分占空间的东西，有男朋友的或许可以省下这些钱，但要为男朋友买袜子、买腰带、买剃须刀，600 块就没了。

有人饿一个学期在国储电脑城攒一台电脑，到乱七八糟的网站下载各种岛国片，中各种病毒，一个月能修八次。

从那以后我们去 14 楼的时候常常见不到宝贱。他桌子上摆了几本很厚的英语习题册，两天见不到，他已经做完了，换成另外几本。

只有婉清出镜的时候宝贱才会风雨无阻地出现。

那时婉清已经会化清淡的妆了。她往化妆台前一坐，我们拿着各种器具拥上去，婉清死死护住自己的脸，大叫一声："我自己来！"

宝贱与珠宝几个男生假装在操控室里吹牛。我跟他们一起吹过几次，无非是哪一个电脑里的片子达到了几个 G 云云。

每次都是类似的话题。

珠宝往化妆间里瞥，婉清粘了睫毛，用睫毛刷快速地在眼前涂抹着，轻眯着眼，噘着嘴，唇上刚涂了西瓜红色的口红。宝贱狠狠地在他屁股上踹一脚。

那一年长沙的夏天格外热，宿舍里待不住人。男生们单穿了条内裤卷着凉席横七竖八地躺在楼道里睡觉。

还有人连内裤都不穿就跑到宿舍楼顶上睡，一晚上起码喂饱上百只蚊子。清晨，他们趁着天不亮就溜回宿舍，不小心睡了懒觉的人，把凉席卷在身上一路蹿下去。

我们偶尔挑周末的时候带着被单和凉席去 14 楼蹭空调。办公室不能睡，我们几个人挤到值班室里，男的靠近门，女的靠近窗。

最麻烦的就是晚上去厕所，要经过几个熟睡的男生，一不小心就踩了谁。下意识看一眼，几人姿势各异，唯一相同的就是都摸着裆部。

宝贱的席位在男生中最豪华，除了凉席，他还给自己加了条被子。珠宝挨着他的被子边，宝贱一翻身，冲他放一个响屁，珠宝就被崩下了被子。

我和婉清约好要上厕所就一起去，因为 14 楼没有厕所。我们要下到 13 楼，径直穿过走廊到另一头的女厕所解决内急。

夜晚的教学楼没灯，只有提脚线处的方向指示灯发着绿色的光，不用任何道具就可以拍鬼片。

所以我和婉清都用值班室楼下的男厕所，一个人在外面看着，两人替换着上厕所。隔着一道门我和婉清小声交流着。

“你在吗？”

“嗯，在。”

“你还在吗？”

“嗯，还在。”

上完厕所，走廊的灯好像更绿了，呼吸声都会碰到墙壁反弹回来，在耳朵里无限放大，恐怖瞬间席卷全身。我和婉清手拉着手抚着胸口一路跑上去，婉清手心里都是汗，我也是。

我们跑了两步，发现宝贱打着哈欠在楼道口等我们。

“回来了？”宝贱问。

“回来了。”婉清回答。

宝贱不再说一句话，闷头在我们背后跟着。

进了房间，男生们还在轻轻地打着鼾，女生们盖着薄薄的毯子呼吸匀称。

没有比这更真实的安全感了。

我们想撮合宝贱和婉清。大学里人人都谈恋爱，一切不以恋爱为目的的暧昧都是耍流氓。

理工学校是一个男多女少的地方。我们学院里有一个长相普通的女孩子，每天一条黑色打底裤外穿，上面的紧身衣把腹部的三层肉错落有致地勒出来。

这样的女生都有三四个——不，七八个男孩子排着队追。

我们声情并茂地编排各种各样的桥段与花边新闻讲给宝贱听，目的很明确，也很明显，宝贱听得懂。

只是宝贱从来不顺着我们的台阶爬下来，一个特正儿八经的眼神有时候比让我们“有多远滚多远”的杀伤力度还大。

他想告诉我们，他自己的情感只有他自己能管理，别人，谁都不行。

我们心碎得跟饺子馅似的，由正面战场退居二线。

后来二线也守不住了，渐渐没人再把宝贱与婉清的名字一起说。

那段日子宝贱把他的大部分时间都献给了雅思英语，如果分数够了，就遵照他父亲的安排出国留学。

只是后来很遗憾，宝贱的英语班还剩两节课的时候就停了。

宝贱再提起这段人生努力巅峰的经历时，很心疼自己，每天泡在各种听力题和习题里，吃饭都卷着舌头，活得不像个人样。不过这种自怨自艾的想法止于 2011 年他和老婆去美国蜜月旅行。

弥漫着各种酒精与欲望的酒吧里，整条胳臂文着一条九头蛇的老美看起来十分想喝一杯，满酒吧里讨酒喝。宝贱从吧台里要了一杯啤酒递给他，两人聊了一整晚。

老美告诉他："我最后的一笔钱用来文身了。"

宝贱从脑袋里实在挑不出一个合适的词，只好回了他一句中文："牛 ×。"

后来宝贱一直很后悔没有继续努力留学这件事。

有人劝他："外国有什么好？老美不是还跟你要酒喝。"

宝贱的回答像老教授："人之所以要留学，不是崇洋媚外，不是觉得外面好，而是要跳出我们出生时就一直生活的环境，到不同的地方去看看、去听听，让自己感知到我们曾经所听到的、看到的不一定是对的。”

那一年冬天，宝贱父亲和朋友自驾去西藏，行驶至怒江72拐的时候出了事故。噩耗传来，14楼的一张床铺空了半个月。

时至今日我们所有人想起来依然会陷到无尽的悲伤里。曾经不知道什么是生死，自此后尽是哀愁；曾经不知道何谓分别，自此后只有天涯。

老天爷总喜欢美好的事物，留了最洁净的灵魂陪他在天地之间，与山为伴，与云相随。

头七那天，珠宝跟着宝贱行驶到他父亲发生事故的地方，磕了72个头。

宝贱回来以后，开始蓄须，并不再提出国的事。没人问原因，其实傻子都能猜出来，宝贱是想毕了业马上回家，不再让母亲多过一天与亲人分别的凄惶日子。

有人说，人是在一瞬间长大的。

宝贱好像直接跳过长大，一瞬间就变老了。

大家经常会在某幢楼里看到一个蓄起胡子不修边幅的沧桑男人，夏天穿着短裤和背心、一双人字拖鞋，冬天穿牛仔裤和羽绒服。

有时候在电梯里被校电视台新入职的学生记者唤作老师，双手毕恭毕敬地接过宝贱手中提着的物品，宝贱也不做解释。

宝贱的山羊胡子足足留了一年。

那一年他很少出门。偶尔在夏天的深夜他就拉着攀攀沿着铁窗爬出去吃夜宵，酒足饭饱后逛遍整座校园，看着男寝里伸出几台望远镜，对面就是阳台上挂着各种黑色内衣内裤的教工宿舍。逛累了，俩人最终会回到校医院台阶上坐一会儿，看着对面的安全套箱已经被风雨吹打得生了铁锈。

令人惋惜的是宝贱和婉清始终没有任何进展。

我说大学里人人都谈恋爱不是胡诌的。在我不算长的大学四年中，身边所有喘气的都起码有一段时间过着非单身的生活，包括楼下洗衣店老板养的狗，在春秋到来的时节总是旁若无狗地在林荫路上与不同的母狗交配。

我有时候觉得大学里应该是荷尔蒙比书香气更浓的地方，在这充满爱意的氛围里有人岌岌可危，有人有恃无恐。

除了宝贱和婉清。

他们好像一直活在爱与被爱里，又似乎是没有爱也能活的那一种人。

2008 年冬天，剃去胡子的宝贱依旧沧桑。

元旦前后下了一场小雪，雪刚停下来，婉清主持了一场学校迎新晚会。

礼堂的门虚掩着，进进出出的同学们不断把冷气带进来。婉清穿着粉蓝色的晚礼服，候场室里没有一丝暖气。

宝贱买了滚烫的珍珠奶茶裹在胸前给婉清送了过去。他绕到后台，穿过一群把脸化得夸张至极、等待上场的男男女女——他们有人紧张得手脚发抖，有人借机偷瞄女生半裸的胸脯，头顶的白炽光亮得刺眼，从前台不断传来婉清温柔好听的声音。

宝贱从侧面看着婉清，她站在舞台上，立在光束里；他躲在后台窝在黑暗中，10 米不到的距离，好像隔了一生。

五年以后的某一天，我们坐火车去宝贱的山西老家参加他的婚礼。新娘是位温婉善良的当地女孩，这个女孩后来给宝贱生了一个大胖小子。

那个小子生下来就国字脸，锁着眉头，嘴巴紧闭，刚学会话的时候吐着含混不清的音像在教育人，活脱儿一个小宝贱。

婚礼期间我和婉清住同一房间。

我 2009 年毕业以后有两年没见过婉清，那时的婉清在湖南大学读研，谈着一场挑不出错误的恋爱。婉清胖了一些，但依然漂亮，稍微一捯饬就把自己弄得跟电影明星似的。

第二天是婚礼，我开玩笑说，别把自己搞得太好看，盖过新娘子风头。婉清很紧张，赶紧拿出她第二天要穿的衣服，问我是否合适。

那一晚我和婉清都没怎么睡，聊起曾经。宝贱毕业那一年，我们在解放西路的一家酒吧里跟陌生的男女围成一圈跳兔子舞。有人来向珠宝索吻，我们以为他会迎上去，结果珠宝这个屌货被吓得满场跑，那个女人就满场追。宝贱脱光了上衣在酒吧里跳舞，比女人还妖娆。

后来大家都跳累了，跑到酒吧外面蹲着。男生抽烟，女生看男生抽烟。

街头的霓虹灯暧昧得不得了，婉清也喝了不少假洋酒，俯在我耳朵边上问我，是谁说不以谈恋爱为目的的暧昧都是耍流氓。

我答不上来。

唯有惋惜。

后来我发现我错了。

即使婉清再美，也敌不过穿上白色婚纱的新娘。

人家说一个女人一辈子最美的时候就是穿上婚纱的时候。我改一下，应该是一个女人穿上婚纱的时刻是世间无与伦比的美景。

从仪式开始到结束，我和婉清坐在角落里，看着宝贱和他的新娘子：他们拥抱，他们接吻，他们给对方戴上戒指。其间有一个环节，新娘和宝贱的母亲轻轻地拥抱，她趴在母亲肩膀上低下了头。母亲轻轻拍着她的后背，流下了眼泪。

当晚我们挟持了新郎宝贱，挑了一间人迹有些罕至的小酒吧。

珠宝在婚礼上哭得死去活来，他对宝贱的爱异于他人，即使他日后结婚生子，我们依然会保留对他性取向异常的怀疑。

酒吧里灯光昏暗，跳艳舞的男人目光呆滞。

宝贱点了支烟，问："有没有兔子舞？"

染着赤橙黄绿头发的小老板操着山西话回答："老古董的音乐哪里有！"

我们随便喝了几杯就走了出来。男人穿了西装，女人穿了高跟鞋和短裙。没人蹲下去，我们再也蹲不下去了。

过了凌晨，路面有几辆车经过。

霓虹灯闪烁，我们都湿了眼眶。

夜里凉风吹，我们都要好好的。

5 倔强的吉他

不管以前还是现在，家长与老师只喜欢好学生，就像路灯喜欢黑夜，夜鹭喜欢溪流，城市喜欢霓虹，男孩喜欢长相漂亮的女孩子。

我们曾经不懂得如何去讨好大人。我们以为画画画得好就会有人喜欢，篮球打得好就应该赢得尊重，唱歌唱得好就会变得了不起。

后来现实告诉我们，在那个以学习成绩为衡量一切的标准的特殊年代，我们的生活里没有诗与酒，只需要有黄冈中学的考试卷。

我的哥哥小雨是不做试卷的不良少年。

1995 年前后，街头游艺厅一派繁荣景象。我们中学校门口的黄老板一嘴黄牙，他跟人说话，一米以外就能闻到从他口中散发出来的臭气。

我们都讨厌黄老板。他穿一件黄色格子西装，皱皱巴巴的，招览身边的学生进去玩“街头霸王”时一脸媚态，像 80 年代港片中的站街女。

小雨不讨厌黄老板。

有的时候小雨经过黄老板的游艺厅，黄老板学着游戏里的日本浪人，向小雨深深鞠上一躬，喊道：“欢迎光临。”

小雨被吓一跳，紧接着就被黄老板用90度鞠躬的真诚感动了。小雨也把腰弯得很低，他是真的很真诚。

他说：“我没有钱。”

黄老板立刻把弯下去的腰收回来，盯着下一个来来往往的少年，把腰弯下去。

小雨很羡慕能走进游艺厅的那些孩子。他有的时候趴到门缝处往里看，里面有些阴暗，个子高的和个子矮的少年尽情地甩着膀子拍打着机器，看不清的屏幕上发出一串串动听的声音。

后来黄老板让人把门关得严严的，小雨就再也看不到里面的美好场景了。

我印象中的小雨几乎没有朋友。他一个人走路，一个人在教室里吃盒饭，一个人背着空瘪的书包翻过学校后面那堵很高的墙。

我们学校后院有一个废弃的工厂。工厂很大，少说有七八百平方米。荒草从墙根滋生出来，有的索性爬上了墙，长得有一人多高。

虽然说是废弃的厂子，但那里封闭性很好。想要进到厂子里，要先经过一扇厚重的大铁门，经过一道长廊，由窄变宽。

我们都没去过那个工厂，偶然经过的时候，看见大铁门虚掩着，里面发出沉重的“咚咚”声。

后来小雨翻墙的频率越来越高。我坐在教室里，抬眼一看，有一个身穿白衬衫与蓝裤子的少年，头发骄傲地在头上立着，像是要冲到天上去了。他轻轻跳一下就能飞到墙面中央，抓踩着凹凸不平的红砖，才两三下，就从这一边翻到那一边去了。

小雨的老师开始家访，说小雨在课堂上想东想西，不知道想些什么乱七八糟的东西，总之不想着怎么好好学习。

北方小镇的黑夜似乎比城市来得更早一些。

我和小雨有的时候爬到屋顶上，看远处的灯火依旧通明，有的光点灭掉，有的重新亮起来。我们开始还能数清光亮的数量，后来亮点连成串，最后灯火变成一片，我和小雨再也分不清远处到底是深夜还是白天了。

我跟小雨说：“别总翻墙了，前几天我听说有人翻墙摔断了腿。”

小雨没说话。

我问小雨：“那破工厂里好玩吗？”

小雨带我翻了一回墙。我因为看多了小雨的翻墙姿势，也学得八九不离十。抓着凸出来的一块砖，把脚踩到凹进去的空地，小雨在后面托着我的腰。

看墙院的大爷大喊一声：“干什么哪？”

小雨用劲儿一推我，我就从墙这头翻到墙那头了。

在那扇神秘的大铁门后面，藏着一支乐队。我们偶尔经过工厂的时候，听到里面传出来的咚咚声就是敲架子鼓的声音。

敲架子鼓的人也是乐队领头儿，叫大海。大海梳着一头长发，眉毛又黑又浓，不笑的时候有些吓人，笑起来就没那么吓人了。

我再经过废弃工厂的时候，里面还是传来咚咚的声音。我竖着耳朵听，那声音青涩难懂，却也变得婉转很多。

我推开门进去，偶尔可以看到小雨坐在一旁的楼梯上，专注地观望着一切和音乐有关的人与物——大海、架子鼓、键盘、贝司，还有高挑的话筒架。

有的时候我觉得小雨很可恶。每一次老师家访的时候，他从小雨的数条罪状里挑出几条无足轻重的拿来说，我妈都把眼睛哭得红红的。等老师走了，她就擦干眼泪，把鼻涕也擤干净，从柜子里拿出一套台湾偶像剧的碟子塞到录影机里。我爸回来了，她就假装自己是看电视剧看哭的。

小雨因为台湾电视剧，少说也能少挨揍十次八次。

有的时候我又觉得小雨很可怜。

大人们总有他们的道理。经过岁月的更迭、时代的变迁，总有很多种结果不断印证大人们的道理即真理。他们说，当了学生就要努力学习，早恋是错的，迷恋游戏是错的，喜欢弹琴是错的，只要成绩不好，其他的一切都只是我们在一段时光里的矫揉造作与旁逸斜出。

可是，我们又如何才能做对呢?

有一年的春天，工厂里的草都开了花。满墙的玫红色花瓣像是有人专门涂上去的壁画。

大海左胳臂上戴了黑色的布，他剪了头发，嘴巴周围的胡子使整个人显得颓废极了。本来大海就总是穿破了洞的衣服，一副落魄相，这一回显得更落魄了。

那天工厂里没有音乐声，贝司键盘和架子鼓，支棱着散落一地。

有人说："大海，你节哀。"

有人说："大海，你想哭就哭出来吧。"

小雨始终没说话。他抓着头发哭了半天，抢了半根烟来抽。烟圈吐不出来，吸到胸腔里，呛得小雨止不住地咳嗽。

大家说："小雨，你也说两句吧。"

小雨抹一把脸，哭得身体一抖一抖的：“大海，以后我给你当奶奶。”

小雨被大海暴揍了一顿，踢他的屁股，打他的胳臂，踹他的腿。

小雨护着头，满地地打滚，滚到话筒架旁边，电线缠住小雨的手，架子倒了砸到鼓；滚到墙根，压烂了经历了很多苦难才从墙缝里钻出来的野草与鲜花。

小雨抱住了大海的腿，大海摔到地上，两人扭打起来。

最后分辨不出是谁赢谁输，两个人都趴到地上，浑身是土，眼睛被辣得睁不开，不知道是因为眼泪还是汗水混杂了污泥。

两道液体滑过脸颊，像溪水流过已经干枯的河。

有人说，一个人的悲痛也好、欢愉也罢，都是轮回的。到了落叶知秋的季节，总会重复曾经遭受的一切。

如此反复，折磨与幸福的感受，会在我们人生里不断缩小。我们就在这样的轮回里成长、变老，直至生命的终结。

没有一个人可以逃避这样的轮回。

奶奶去逝后，大海找了一份不太安稳但很讨喜的工作——给黄老板打工。

从那往后，大海代替了黄老板，立在游艺厅门口，留着落腮胡，跟过往的每一个人 90 度鞠躬，说：“欢迎光临。”

大海趁黄老板不注意，会把小雨放进去。

我问小雨第一次进游艺厅是什么感觉。小雨说，以为会很激动，结果还不如第一次进废工厂时激动。

当小雨发现原来不是进到这里就一定要花钱买币的时候，街头游艺厅已经再也不是多神秘的一个领地了。

这里的青年男女们，有钱的把游戏币投到机器里，兴奋地大叫几声，拍着一个个红、黄、蓝色的按钮，才拍了几下，他（她）操控的看起来很了不起的一个人物就被对方打趴下了。

在一旁观看的穷孩子们流尽了汗水，干着急也没机会拍一下那个红色的按钮。人物倒在地上的瞬间，他们用“吁——”“呜——”“切——”来表达自己内心的失落与幸灾乐祸。

于是有钱的少年们再次投币，再被打趴下。

没有了大海的工厂，也再没有了背着空瘪书包翻墙的小雨。

有一个夏天的晚上，大海用石子包了一张字条。字条透过被打开的窗子，精准地砸到小雨后脑勺上，砸出了一个不大不小的包。

我妈看着电视机，一圈一圈地拆着毛衣，问小雨：“什么声音？”

小雨往后一看，大海在窗口留下半张惊慌失措的脸。

小雨说：“外面有狗叫。”

从那以后，小雨的头经常被砸出包。每砸一个包，小雨就胡乱地抓起衣服，随便编一个出去拉屎、出去打野狗、出去跑步一类的借口。

于是出了家门，大海纵身一跃，带着小雨奔向游艺厅。

大海趁黄老板不注意，偷配了一把钥匙。等到游艺厅关门以后，大海就带着他的小石子去砸小雨的脑袋。

每次小雨去的时候，大海把游艺厅的灯全部开开，灯火通明的，像是白天。

小雨说，这样的景象他坐在房顶的时候看到过，是霓虹灯满城亮起时候才有的昏黄的、刺眼的明亮。

现在小雨不需要回敬黄老板一个满打满算的 90 度鞠躬，就可以把游艺厅里的每样游戏都玩一遍了。

大海靠在一旁抽着烟，他的头发剪短了以后一直没再剪，已经快挡住眼睛了。

他跟小雨说：“别玩这个了，跟我玩音乐吧。”

小雨挺想答应的。在无数个坐在房顶上看灯火辉煌的夜晚，小雨都在遐想，如果有一样乐器适合他，那一定是吉他。

他可以坐着弹、站着弹、跷起二郎腿弹，声音低沉柔和、纯净透明，像是一个害羞的大男孩温柔地诉说着一段属于自己的故事。

后来一天晚上小雨被抓进警察局。

黄老板不知道为什么突然出现在游艺厅里，撞见了站在烟头堆里的大海和光着膀子拍着红、黄、蓝键的小雨。黄老板龇着满口黄牙，抬手就给了大海一巴掌。

小雨飞过去一脚踹到黄老板的脸上，黄牙从他嘴里蹦出去，躺到地上，裹着鲜血，冒着臭气。

我妈又把眼睛哭肿了。这一回她再也不能把这件事怪到人家台剧身上了。

我爸铁青着脸，在警察局里一张一张地把钱数给黄老板。黄老板肿着脸青着眼，接过钱，吐了口带血的唾沫，一张一张地重新数一遍。

我爸给小雨提前放了暑假。

那个夏天好像格外炎热。早晨七八点的太阳从人的脑瓜顶上往下喷火，像是要把整片大地都给点着了。小雨汗流浃背地躺在小床上，两米八还是两米九高的天花板，就是小雨那一整个夏天的天空。

夏天快要结束的时候，小雨的头上又被砸了一个包。

小雨在桌子底下踹了我一脚，我看见了窗子后面大脸露出的一截脑瓜顶。那个时候的大海头发已经完全长长了，夏天热的时候在头顶上扎一个鬏儿，像毛山老道。

我放下碗，抬脚给小雨一脚，说："吃完了跟我出去，外面黑，我害怕。"

后来小雨说只有借助我这样的好孩子才能诓住爸妈。

我跟小雨说，诓爸妈的孩子，也不见得好到哪里去。

那天晚上，大海说，过完这个夏天他就去广州了，他在那儿有朋友，组了个乐队，听说叫遁梦乐队。遁到梦里，就再也出不来了。

"这里太闭塞了，小雨，他们都觉得玩音乐的人是疯子。"大海说。

小雨笑了："人类就是把自己不能理解的人都叫疯子。"

大海打了几份工，凑够了去广州的火车票钱。临走前，他花了两百块钱买了一把二手吉他和一本快被翻烂的乐谱送给小雨。大海说，有一天他奶奶托梦给他，说小雨如果玩吉他，一定能有出息。

小雨接过吉他的时候，手都是抖的。他把吉他藏在床底下，白天我爸妈上工的时候，小雨就拿出吉他叮咣叮咣地弹。

大海走的时候谁也没告诉，是突然消失的。破工厂里再也找不到他。

有的时候我和小雨经过的时候，里面隐约传出咚咚的声音，我们推开大铁门，长廊被拆了，灰尘飞得满厂子都是。

里面的人全部戴着口罩，拎着电钻和锤子，胳臂下面夹着梯子。一面原本爬满鲜花与杂草的墙，才咚咚两下就倒下去了。

不知道是谁在拆工厂，也不知道是谁要把它重新塑造。在小雨看来，曾经的那个不是废弃工厂，万一哪天谁真的把它建成了一座高楼大厦，男人们西装革履地在里面吃饭喝酒吹牛，女人们扭晃着屁股踩着高跟鞋在里面买口红和低胸的裙子，那儿才是真正的废弃工厂啊。

秋天以后，小雨不再去上学了。他的吉他已经练得像模像样了，不看乐谱，他也能弹奏出一首首低沉动人的乐曲来。

小雨的老师来家访了几次。小雨把自己锁在房间里，吉他声从里面飘出来，声音很大，琴弦像要被弹断了。

我爸狠吸了一口烟，把烟头扔到地上，再狠狠踩灭。班主任走了之后，我爸踹开了小雨的房门，顺着大敞的窗子把吉他扔了出去，说：“退学吧。”

半个月后，小雨被我爸押解着送到哈尔滨学厨艺。

踏上长途大巴的时候，我爸弓着背，姿态有些扭曲。前一天，小雨知道今天要走，特意去理发店理了个秃头，有点像少年犯。

他跟在我爸身后，也弓着背。回头跟我妈和我告别的时候，他艰难地笑了一下，随后一头钻进车里，再也没往我们这边看。

有两年的时间，我没有和小雨见过面。他甚至连过年的时候也不回家看一眼。

我妈想小雨的时候，就随便翻一部台湾剧出来看，看得一会儿哭一会儿笑，弯着腰趴在床上抽泣，也不会有人笑话她。

书上说，所有人的日子都过得像水。

有人是矿泉水，单纯冒着傻气，解渴，但喝不出来什么滋味。有的人是自来水，杂质多，烧开了水以后挂一壶污垢。有的人是沸水，一辈子都攒着一股翻滚的劲头，但是喝了会烫嘴，喝多了搞不好五脏六肺都要被烫坏了。

小雨的人生，一定是那壶沸水。

1999 年的一天晚上，跟小雨一起学徒的老乡偷偷给我爸打电话，说小雨因为偷偷喝了厨师长的王八血，快被打死了。我爸摔了电话，连夜召集了几个虎背熊腰的叔伯和邻居，开了十个小时的车，带回了小雨。

小雨那次真的被揍得很惨，眼珠子都快凸出来了，嘴角和眼角都被打裂口了。我爸回来的时候脸也被打肿了，说是在酒店与厨师长大干了一场，差点把后厨给点了。

我妈煮了一锅鸡蛋给我爸和小雨敷脸，我妈扒一个，我爸吃一个。吃到最后就剩两个，我爸扒了扔给小雨。

小雨把鸡蛋贴到脸上，烫得龇牙直叫唤。我爸从口袋里掏出一撮毛，扔到地上，说："那混蛋的头发，被我全拽下来了。"

那一天小雨蒙着被子躲在自己的房间里哭到很晚，小床被啜泣声震得一晃一晃的。

我推门进去问的时候，小床停止了摇晃，声音也止住了。小雨那张鼻青脸肿的面孔从被子里露了出来。

我问他："疼吗？"小雨小心地擦了两下眼泪，有些难为情。

他说："不疼，就是这么多年没回来，很想家。"

我从他的床底下把吉他拽出来，告诉他："你别怪咱爸。你走了以后，他又把你的吉他捡回来了。他不让我告诉你。"

后来我和小雨一起哭了。

那一晚，远处依旧霓虹闪烁。

我和小雨爬上房顶，吹着舒适的风。

我问小雨："灯火眷顾的那个地方，风也是这么清凉吗？"

小雨说：“我也不知道呢。”

回家以后，小雨变乖了一段时间。我爸四处托关系找了个餐厅，把小雨硬塞进去帮厨。原先是切墩儿，就是把洗好的菜按菜单该切块儿的切块儿、该切条儿的切条儿。后来小雨切得好，老板也让小雨掂勺了。小雨挣的钱不多，但是会一分不少地拿回家里。

他再经过游艺厅的时候，在门口龇着一排钢牙到处拉客人的黄老板会一下子蹿到墙根，整个人好像要假装成一张画贴到墙面上了。

那一年秋天，我去了寄宿学校读书，每个月可以回家一次，每次两天，有的时候是四天。这样一来，我和小雨见面的机会便更少了。

时光像一只老怀表，孤寂地行走了大半年。

有的时候我能感觉这只怀表就抓在手里，掀开盖子，指针嘀嗒嘀嗒地响着，竟然有些刺耳。看着这只怀表，我常常会想那个关于水的比喻。

我想我的生活一定像极了一瓶摆在超市里的矿泉水，没有杂质，也没有温度。大人们喜欢这样的水，摇晃再多次，掀开盖子的瞬间，它也不会像可乐一样喷涌而出，溅到人脸上和身上，弄污了自己和别人。

我有的时候很羡慕小雨，可以潇洒热烈地活一次，不用理会春秋更迭的时候要季末考试，咬着笔头就算不知道答案也要把试卷填满。

2000 年的夏天，我妈给我打电话，说小雨偷偷从餐厅跑掉了，连招呼也没打。

我妈哭得很大声。

我妈每一次哭的方式都不一样。看了台剧压着嗓子哭；小雨的老师家访了，擤着鼻涕哭；小雨挨揍的那一次她哭得最狠，从内心深处爆发出怜惜与愤怒，她在撕心裂肺地哭。

我听人说，世间的欢喜与痛苦，本来就不是相通的。比如，这一次我妈伤心地哭喊的时候，我好像在听一个关于旁人离别的故事。

我沉默了好一会儿，请求她："妈，你等会儿别忘了放台剧，不然人家笑话你。"

电话那边的哭声戛然而止，紧接着变成了小声的啜泣。

我挂上电话，后面排队等待打电话的同学问我："哎，你怎么哭啦？"

我冲她笑了："没事儿。我想家了。"

小雨离家出走前来找过我。

传达室的大妈从屋里踮起脚，警觉地在小雨身上扫描了几个回合。她眼前的少年头发蓬乱，背着那把破木吉他，衣服的前襟满是油渍，袖口上的鱼鳞好像粘在上面已经揭不下来了。

小雨第一次来我的学校，四处打听花了很长时间才找到我。

头上树木葱郁，叶子在风里窸窸窣窣，摇曳不停。小雨一半身子站在阳光里，另一半立到树下。

风一吹，他整个人都跑到太阳下去了。

小雨憋了半天才跟我说：“妹妹，我要走了，去找大海。”

我问他：“你知道大海在哪儿吗？”

小雨摊开手臂，笑了：“找找看吧。你看，我不是也能找到你吗？”

他显然笑得有些苍白。我看见十七岁的小雨的眼角已经满是皱纹，沧桑得不像样子。我的心好像被揪起来了，呼吸都能察觉出来带着哭腔。

小雨往上提了提吉他，转身要走。

我说：“你等等。”

我跑回宿舍，把剩下的130块生活费全部塞给他。

小雨羞怯极了，一张脸瞬间充血。他手往裤兜里插，胡乱插了半天也没插进去。过了一会儿，小雨还是把手伸过来，接过钱迅速塞进口袋。

他没看我的眼睛，转身就快步离开了。没走几步，小雨转过身，说：“妹妹，你……要好好学习，别让爸妈失望。别和我一样。”

后来再提起那次离别，对于我和小雨来说已经好像是上个世纪的故事了。

电影里总是把离别演绎得太过悲凄，明明是每个人都要经历的小事，明明每个人经历了离别这件小事，就会瞬间成长。

小雨到广州找大海的时候，大海已经在广州组建了自己的乐队。大海还是留长头发，耳朵两边的头发剃光，头发扎在脑瓜顶上，涂了很多层发蜡。

大海已经不打架子鼓了，他养了一票人，打鼓的专门打鼓，弹琴的专门弹琴，唱歌的会隔三差五地换。歌手按场次结算费用。

大海每天联络场地，晚上拉着乐队到人头攒动的街头卖唱挣钱，唱得好了，大海会多给大家分一些，收入不好的时候，大海也会踢翻了话筒架子冲大家发火。

小雨加入了大海的乐队以后，大海开始带着大家四处接活儿，到酒吧驻唱。

同一个酒吧不能待太短，短了，大家背着乐器四处奔跑都嫌麻烦；长了，酒吧的老板嫌同一支乐队会给客人审美疲劳。

那段时间小雨过着黑白颠倒的日子，晚上六七点钟排练，八九点上班，一直工作到凌晨两点，或者更晚。

大海给小雨做了一系列的改变。他给小雨换了电吉他，电吉他弹起来清亮，像暗黑的夜里一把划破苍穹的尖刀。这种极具穿透力的声音适合夜场的刺激与狂躁，适合在大城市里受着压迫与煎熬的男男女女释放他们不能承载的一切。

大海想让小雨留长头发，像大海一样，扎起辫子，抹上油光的发蜡。

小雨不说话，按月去理头发。在他和大海租的房子的街道上，有一个门脸不大的理发店。小雨把10块钱扔进一个铁罐子里，长满花白头发的老师傅就用一个剃头推子把小雨的头发剃个干净，留下一厘米长的头发楂儿。

理完头发，小雨提一包烧腊，穿缩在广州狭窄的街道之间，像每一个普通的少年一样，在阳光与温暖的背后，藏着多少人道不明的故事与秘密。

只是当小雨走进房间里，走进乐队的地下基地，他就完全变成了一个另类，一个与大家都格格不入的人。

乐队里开始有人怪小雨不染头发，有人说他穿得不够酷。大海蹲在地上一根接一根地抽烟。许久，大海把烟头扔到地上狠狠踩灭，说："小雨，你就不能像我们一样，活得洒脱一点吗？我们都在为了帮你实现梦想，你也得帮帮我们。"

后来小雨走了两条街，找了一个发型屋，满店都是黄头发的理发师。小雨一抬头，跟人家说："染一个跟你们一样的颜色。"

小雨头上裹满了塑料布，头顶被人放了一个大烤炉。小雨昏睡了不知道多久，出门以后自己就成黄头发了，和理发师的一样。

人家问他：“现金还是刷卡？一百八。”

当小雨顶着一头黄头发穿着一件皮马夹出现在大海面前的时候，大海也给小雨带来了一个短头发姑娘。

那姑娘头顶上的颜色更多，红的、粉的、黄的、绿的，小雨不自觉地数了一下，起码有五六种颜色，像鸡毛掸子。

大海介绍说：“拉妹，咱们乐队今后的吉他手。”

乐队里有一面大镜子。小雨透过镜子看见所有人都在欢呼，上空黄的白的五彩的头发一齐晃动着，好似招展的彩旗。

有人打起了架子鼓，有人拢着话筒唱起了歌。小雨感觉这个屋子里有些昏暗和嘈杂。他把大海拉出去，问：“那我呢？”

有时候人与人之间的一切矛盾来源，也许就是大家都在强调“我”。我饿了，但是你不饿。我想喝红酒，但是你想来一杯扎啤。我想吃一个苹果，但是你给了我一个梨。

当“我”和“我”不能成为“我们”的时候，可能会有一个“我”渐渐缩小，最后消失在这个世界上，也可能是两个“我”不断膨胀，直到天崩地裂。

大海十分得意地告诉小雨：“我运作了很长时间，终于有人看上咱们乐队了，想给咱们出唱片。拉妹，投资人的女儿。”

小雨问：“那我呢？”

大海沉浸在一片欢乐中无法自拔：“你别这么较真。不当吉他手，我可以让你当主唱。但她，一定要当吉他手。她只会弹吉他，我没法安排她去干别的。因为她是投资人的女儿，没有她，就不会有人给我们投资出唱片。”

小雨揉乱一脑袋扎眼的黄毛，把带着一股劣质油漆味的皮马夹脱下来，摔到地上：“我说，我是吉他手。”

大海和小雨吵了整整三天。

拉妹抱着小雨的电吉他，跟着乐队在夜色妖娆的广州城里弹唱了三天。有人偏偏更喜欢拉妹的火辣与激情。

她鸡毛掸子一样的头发随着夜场里的追光灯，像散开的烟火，像多情的彩虹，像古老童话里迷人的妖女。

小雨长了一脸胡子楂儿，抽了一条烟。四十平方米的小房子里云雾缭绕，熏得人睁不开眼睛。小雨还想抽一根烟，翻遍了屋子也没找到。一地的烟蒂，再也找不到一个能吸一口的烟屁股。

小雨说：“我要回家。”

大海从床上跳下来，说：“你别闹了，你也不是小孩子了。你整天追求什么梦想，我告诉你，梦想就是一烂俗的东西！就是俗！”

小雨说：“我没有闹。我就是……想家了。”

大海跑到门口，一脚踹坏了房门：“他妈的，我为这支乐队付出这么多，让你做出这么一丁点牺牲都不行？”

小雨从床底下翻出大海曾经送他的破木吉他，指着头顶的黄毛，说：“可以再牺牲一点，但我只能是吉他手。”

小雨抱着吉他走在广州闷热的街头，汗水和泪水同时从眼睛里挤出来，眼被辣得睁不开。好像那一年，大海抱着小雨在那个废弃的工厂里扭打，脸上滚满了沙尘，汗水流出来，两个人也是睁不开眼睛。

小雨没有多少机会在广州的老街里闲逛。大海老早就告诉过他，这片叫作西关的地方，从前是广州很有名的商贸场所，现在也是。

拐角有一处云吞面很好吃，做面的老头儿头发花白，戴着一片架在鼻梁上的眼镜，不卖面的时候就读书，一本接一本地读。

小雨抱着吉他找到了那家云吞面馆，老头儿放下书，告诉小雨：“现在还没有营业。”

有那么一刹那，小雨好像原谅了大海也原谅了自己。没有人能战胜这个世界，也总会有人想要战胜这个世界。

即使跟这世界拼个你死我活，到最后败得支离破碎，体无完肤。

小雨抱着吉他，忽然想认认真真与它合张影，小雨一次也没见过抱着吉他的自己是一副什么样子。

照相馆里，操着东北口音的小姑娘说：“哎，你笑一笑。”

小雨正正衣襟，没有理会她。

“你笑笑。”小姑娘重复一遍。

小雨有些不耐烦：“你抓紧照吧。”

小姑娘忽然来了脾气，把相机架子往旁边一挪，说：“你这样，我没法照。”

小雨急了：“怎么就没法照？”

小姑娘说：“你这样哭丧着脸，我就是没法照。”

天气很热。照相馆里开了很足的冷气，小雨依然觉得很热。

照相馆的老板一路小跑着赶过来。他头顶有点秃，龇着一口黄牙，隔着好几米远就能闻到他嘴里的臭气。

小雨忽然有些感慨，果然天底下的老板都有可能是黄老板。人生兜兜转转，仿佛也逃不过一个轮回。

这个黄老板讲着南方话，板着面孔训斥小姑娘。骂了一会儿，他让她给小雨道歉。

他说：“阿丁啊。”

小姑娘叫阿丁。

“阿丁啊，你要向客人讲对不起。天底下没有一个客人是错的。”

阿丁红着一张脸，准备好一副要打架的姿势：“不怪我，我没法道歉。”

黄老板一拂袖子：“不道歉你就别在这儿干了。”

小雨倚在门口，看着阿丁满脸的委屈与愤怒，把自己的物品几乎都揉成一团，扔进一只袋子里。

小雨看着阿丁抱着袋子走出来，远远地在后面跟着。

阿丁个子很高，长长的头发松松垮垮地绑到脑袋后面。她走起路来一颠一颠的，像是怒气还未消，如果此时见了小雨，一定会和他打上一架。

阿丁穿过四五条街，在那个喜好读书、戴着一只眼镜的老头儿的面馆里吃了一碗面，又在隔街的超市里买了两瓶矿泉水。

她钻出超市的时候，广州城顷刻下起了雨。

那一场，好像是旷世的大雨。天乌黑乌黑的，过了一会儿，闪电撕开黑幕，小雨的旁边站了一个撑开雨伞的阿丁。

阿丁问他：“下着大雨，你为什么要站在外面？”

小雨抱着吉他大声喊：“我想跟你道歉。”

小雨最后也没能和他那把破吉他合一张影。

那把大海花了两百块钱买回来的二手破吉他，后来证实了买一把崭新的这种吉他，也不过一两百块钱。

它发着闷声闷气的音乐，低沉忧郁。小雨弹坏了很多根弦，买了装上，弹坏了再买。有的时候小雨不知道自己会抱着这把吉他走到哪儿去，又好像在某一个瞬间，小雨忽然想明白了，这把吉他也许从来没有真正属于过自己。

趁着大海带乐队去演出的时候，小雨把吉他放到大海的床铺上，留了一张字条就走了，带着那个叫阿丁的女孩一起回家。

过了半年，阿丁变成了我嫂子。他们一个人开了个教授木吉他的吉他班，一个人当上了见了笑容才会拍照的摄影师。

小雨结婚的时候，大海也出现了。

大海剪了头发，褪去了一身蛇皮一样的衣服，穿了西装、打上领带，十分适合他的浓眉大眼。那时候大海的乐队出了唱片，在全国各大影音店里热烈地售卖着。

大海给小雨寄了一张唱片，唱片的背后印着两个凹凸有致的好看的字——遁梦。遁梦，遁到梦里，就再也出不来了。

曾经拼了命想成为一个好架子鼓手的大海，如今已经连拿鼓槌的姿势也回忆不起来了。曾经梦想着想成为某一种人的我们，连那种人的面孔，我们都看不清了。

小雨坚持在晚上办婚礼。酒席上，小雨点了很多盏灯。各种颜色的灯，从远处望去，像是一大片霓虹，照得夜晚都像白昼的天空。

大海喝了很多酒。他拉着小雨的手，头一次这么絮叨，反反复复说着一句话：“跟我回去吧，跟我回去吧。”

小雨也喝了很多酒，他没有答复大海，只是说：“少喝点，少喝点。”

后来我问小雨：“为什么不跟大海回去？你一直渴望万家灯火通明的那个城。”

小雨说，因为有一年广州下了大雨。黑云扑下来，整个城市仿佛一下子进入了黑夜。小雨把吉他揽在怀里，雨滴滴答滴答打在湿湿的木板上面，像跳舞一样。

后来一把伞遮住了他的整片天空。

那把伞，就是他曾经以为遥不可及的霓虹。

6 姑娘，我们去远方吧

磊子大名叫张磊，是个姑娘。

名字里带“磊”字的姑娘不多，磊子叫磊子，并不是她家人的意愿。

她生下来以后，磊子爸抱着她去落户口，小镇计生办的工作人员问：“叫什么啊？”

磊子爸说：“张蕾。”

在遥远的20世纪80年代，东北的户籍工作还是朴实的人工录入。工作人员在户口簿上潦草地画了一溜字。

磊子爸歪着头看：“不对，花蕾的蕾。我们是姑娘。”

工作人员冲着磊子爸笑了笑：“都一样，国家提倡节约用纸。”

磊子从小到大都是一副男孩子的装扮。夏天下面穿破旧的短裤，上面套一件被洗得看不出原有的颜色的宽松T恤。磊子动作幅度稍微大一点，半个肩膀都露出来了。

磊子并不知羞，因为没有人拿磊子当姑娘看。

几乎没有同龄人愿意跟磊子玩，她的头发像鸡窝一样脏乱，浑身散发着酸臭的味道。

每个炊烟袅袅的午后或傍晚，小镇上的母亲系着围裙，手里抓一根马勺，推开房门喊自己的孩子：“回家吃饭！”

我们可以看到磊子家的烟囱是不冒烟的，她正蹿到房屋顶，蹦到草垛上，在河沟里蹚着，挥舞着两根破木棍子“华山论剑”。

镇子上的人都知道磊子家特别惨。

磊子妈遗传了家族里的疯病，生完磊子就犯病了，什么活也干不了，常常会裹着带着屎尿的被子到街上讨饭、撒泼。

最开始大多人会塞给磊子妈一只干净的碗，碗里盛满了热乎的饭和菜。磊子妈吃完饭，把碗往地上一摔，抱着肮脏的被子跳到人家炕上蒙头大睡。

久而久之，人们开始躲避她，闻声色变。到后来，曾经夜不闭户的小镇终于为了这个可怜又可恶的疯女人收起了它的宽容和耐心。人们买来了半斤重的锁，隔着冰冷的大铁门用秽言辱骂她，用脏水泼走她，用木棒驱赶她。

后来磊子爸把她锁到家里，不允许她出来。

在我们小时候放学的路上，有几个镇里的老人，头发花白，坐在镇子口的牌坊旁边抽烟袋，一锅接一锅地抽。

小的时候就见他们嚅动着干瘪的嘴唇，口里一颗牙都不剩。他们在预测，又好像在诅咒："磊子这一户人家，还会有难发生。"

果然在磊子读高中那一年，磊子爸开始咳，没日没夜地咳。磊子爸本来给人家打零工，靠贩卖体力养活一家人。

后来磊子爸在一个建筑工地上给人家扛石板时咳出了血，被辞退了以后，没人再敢用他，他只能佝偻着去种一些应季的蔬菜来维持全家的生活。

磊子最后一次出现在教室里，是一个日光明艳的下午。

放学的铃声从楼道里传出来，坐在后排的男同学们还没等到老师喊"下课"就躲到桌子下面，溜出了教室。

他们脱下校服搭在肩头，靠在走廊里对着来往的女同学吹口哨。女同学成群地走过，低着头，羞赧地用书本遮着已经开始挺拔的胸脯。

铃声足足响了三分钟以后，人去楼空，一切暧昧的氛围戛然而止。男同学相约吹牛踢球打游戏，女同学结伴回家，逛街买文具。

我和磊子坐在教室的最后一排。

我们课桌上的书都摞得很高，可是不妨碍午后的太阳光透过窗子射进来，形成一道昏黄的光束。光里满是灰尘，一粒一粒飘浮着，舞动着。

磊子把一张鼻青脸肿的面孔埋在一摞书底下。

磊子不是个好看的姑娘。我猜她洗干净了脸和头发，穿上粉红色的连衣裙和白色的帆布鞋，她也不会变得多好看。

我一直以为，如果把磊子放到电影里，她的长相应该属于男扮女装说得过去，说她是女扮男装也说得过去。

磊子把校服脱下来，里面穿的依然是宽大的T恤，我在磊子爸身上也见过这件T恤。也许某一天，磊子爸给人家当过油漆工，T恤的前襟散落着三三两两的青色油污，从远处看像一朵朵衰败枯萎的打碗花。

磊子的书桌上放着一本翻开的课本，是一篇晦涩难懂的文言文。但是今天课堂上老师主要讲的不是这个内容。

老师讲的是："磊子，你脸上的伤是怎么来的？是不是跟人打架了？"

磊子说："我自己跌倒弄的。"

跌得她鼻子出了血，一直流到嘴唇上，都结痂了，跌得她眼眶发青，一侧脸肿得老高。

我从传达室的大爷那里要来了一个刚煮熟的鸡蛋。磊子剥开鸡蛋，小心翼翼地把鸡蛋贴到脸上。

“哎哟喂！”鸡蛋烫得磊子直叫唤。

她问我：“是应该用热的敷，还是应该用凉的敷？”

我摇摇头。

磊子又把鸡蛋贴到脸上，被烫得手一抖，鸡蛋掉到地上，滚到她脚下。磊子捡起鸡蛋在衣服上蹭了蹭，塞进嘴里大口地吃起来。

吃完鸡蛋，磊子抹了一下嘴，冲我傻笑。

我发现原来磊子笑起来其实蛮好看的。

最起码没那么丑。

我认定磊子是一个值得交心的朋友，应该就是从她踢出飞脚那一刻开始。

磊子喜欢一个男生，叫郝远。

郝远是在我们刚升高二的时候转校到隔壁班的，个子高，毛寸，嘴唇上有道疤，看谁都是一副苦大愁深的表情。

郝远打架斗殴，劫低年级学生要钱买烟，他躲到男厕所抽，躲到小树林抽，躲到墙根抽。好像凡是有郝远存在的地方，都变得烟雾缭绕。开始我觉得，这样坏事做尽的男生，只有像磊子这样又丑又臭的姑娘才会喜欢他。

磊子要啥没啥，她对郝远好的方式很特别——给郝远抹桌子。

所以郝远出现了以后，磊子永远是学校里来得最早的一个，跑到隔壁班去抹桌子，擦椅子。

那段时间，学校里最干净的应该就是郝远的桌子，最脏的就是磊子那件散发着酸臭味的褂子。

那天我成了郝远打劫的对象。他跟我要 10 块钱，我说我没有，郝远不信，要来搜我的身。磊子从老远的地方飞奔过来，上来就一飞脚。

郝远被踹到地上。等他起来以后，磊子被揍得鼻青脸肿地趴在地上，大口大口喘着气。

磊子说：“郝远，你别再欺负同学了。”

郝远一听声音都傻了：“你怎么是个姑娘？老子从来不打姑娘。”

老师让磊子罚站了一下午，告诉她：“明天找你爸来学校。如果你爸不来，你也别来了。”

从那以后，磊子真的就没再来学校。磊子书桌上的课本摞得有两头高，翻开的那本永远停在最后一节课老师讲到的那一页。

那是一篇生涩的文言文，字数不多，我们花了好大的力气才能完整地读下来，文章后面“背诵全文”四个字看起来面目可憎。

在文章下面的空白处，磊子工工整整地写了一行字：“不是我笑起来有多好看，而是我没有哭的力气。”

磊子一声招呼也没打，像蒸发了一样。几乎没有人关心她几天没来，她为什么不来，她究竟去了哪里。

大家没有因为磊子的消失而表现出过多的情绪，好奇或惊讶，兴奋或难过，通通没有。大家提到磊子的时候带着些许同情，他们好像很快原谅了磊子考试成绩永远不及格、身上永远散发着奇怪的味道、打架打得鼻青脸肿影响到了班级评选先进集体。

因为磊子从来没走进大家的心里。

磊子失踪了一个月以后，郝远到教室来找我。

他应该是刚打完球，头上的汗还没擦干，湿漉漉的短发精神抖擞地立着。郝远把校服系到腰间，白色的T恤紧紧贴到身上，显露出好看的轮廓。

于是我健忘的女同学们又很快忘记了郝远可恶的一面，痴迷地看着他从一道光束中缓缓走过来，变成一个从来没做过坏事的大男孩。

郝远一直对自己打了姑娘耿耿于怀。

郝远说他什么坏事都可以做，但绝对不能动手打一个娘儿们。他等学校处理他，可是等了一个月也没等来。

我告诉郝远，学校不会处理他。

郝远问我为什么。

我告诉他："因为磊子喜欢你。"

郝远愣了半天。他的腰间别了一根木棒子，他希望磊子可以狠狠削他一棒子。如果磊子拒绝，他就当着磊子面自己削自己。

那个下午我们翘了课。我们的镇子不大，沿着学校正对的马路一直骑下去，骑到村门的老牌坊往北拐 500 米就是磊了家。

老牌坊前的老人们叼着烟袋，喃喃自语。他们嗫嚅着，我好像听到他们在讲："磊子家还会有难。"

磊子家出事了。

磊子被郝远狠揍那天，她爸被查出肺癌，当天下午就吊死在自家的门框上了。

磊子家亲戚赶过来帮忙处理了后事，磊子为了省买白布的钱，在门口挂了一件她爸生前的白 T 恤。

我和郝远去看磊子的时候，她爸已经死了一个月。

磊子与往常看上去很不一样，头发干净利落地别在耳朵后面，整个人整洁多了。我们去的时候，磊子在给她妈喂饭。

磊子看见我们，把一把勺子塞到磊子妈手里，盯着她的眼睛像哄一个不经事的孩子一样："我出去一下，你自己能不能好好吃饭？"

磊子妈望着我们，眼神里充满恐惧。

郝远看了看磊子，又看了看磊子妈，咧开嘴傻笑。

磊子妈也傻笑，她冲磊子点点头。

磊子家的院子里有一块不大的菜园，郁郁葱葱地长着一园子的蔬菜。

磊子说：“我爸留下的。”“再过一个月就卖。”他临终前的最后一句话。磊子不上学的这段时间，一直在锄园子里的草。

磊子冲着我们笑，带着说不清的味道，有酸甜苦辣、爱恨情仇。我一下子就想起来，磊子在课本里写下的那句话：“不是我笑起来有多好看，而是我没有哭的力气。”

有的时候我们不往前走，不是因为太懒惰，而是因为前路坎坷，到处是荆棘，我们打着赤脚没有穿鞋。

磊子没有用那根木棒削郝远。

我们骑着单车跑到牌坊下，磊子拎着木棒对那几个老头儿骂道：“老不死的，成天说我们家有难有难！天天有人被车撞死，明天就把你们撞死！”

磊子把木棒举过头顶。

老头儿们吓得一屁股从台阶上滚下去，假牙掉到泥土里，颤抖着用苍老的双手在地上四处抓。

木棒被狠狠地摔在了地上。

磊子笑了：“老头儿，你们都别死了，好好活着吧！”

我们赶快跳上单车，排成队，磊子在前，郝远中间，我殿后，依依与老头儿们惜别：“再见，老头儿！你们好好活着吧！”

“再见，老头儿！你们好好活着吧！”

“再见，老头儿！你们好好活着吧！”

出了镇子再骑半个小时就有一座山。

磊子骑着她爸留下的28式自行车。她穿着短裤，两条大长腿卖力地蹬着踏板，肥大的T恤迎着风在身后飞舞。

我从来没有注意到磊子的胸前凹凸有致，微微颤动。

郝远盯着它们，涨红了脸，然后他马上把眼睛挪到磊子的脸上。

我们爬到山顶，把镇子看了个透。

郝远说：“你看，那是牌坊。”

我说：“我看到了，老头儿们还在找他们的假牙。”

磊子不说话，背过身，认真地望着天空。

她说：“我想去那儿！”

天空中云卷云舒，一团压着一簇，乌泱乌泱地变作心事，塞进姑娘心里。

郝远问她：“哪里？”

磊子抬手一指：“那儿，好远好远……的远方。”

日子没有因为小菜园好起来。磊子爸为了让磊子上学，欠了一屁股外债。磊子虽然辍学了，但债务要还，家里的疯妈要吃饭，过年也得吃顿饺子，给疯妈买件新衣服啥的。

我和郝远周末的时候帮磊子割菜卖菜。磊子三点钟就得起来去卖，骑着28式自行车一趟一趟地送。

开始的时候人家管磊子叫“小伙子”，后来等磊子头发长长了，倒腾蔬菜的小商贩才盯着磊子的胸脯仔细斟酌了一番，决定叫磊子“小姑娘”。

磊子卖了两个月菜以后，发现卖菜来钱不快。再贵的菜也有生长周期的。

磊子把卖自家菜园里的菜比作卖自己生的孩子，一年才能卖一个。想还清债，男人都得累死好几个。

磊子不卖菜的时候，我和郝远陪着她蹲在牌坊前纳凉。

郝远被磊子管着不敢去劫钱买烟。他把老头儿嘴里的烟斗夺过来使劲嘬上一口，呛得直流眼泪。

磊子说：“要不卖别人家的孩子？”

磊子不知道从哪儿倒腾回来一些物件。

每到傍晚时分，落日洒了一把昏黄在镇子的顶空。磊子把一个大布袋子搭到自行车上，开始她的事业。

镇子上有几个知名的大企业，几乎一窝收了全镇的适龄姑娘、像磊子一样提前辍学的姑娘，还有隔壁镇子跑来打工的姑娘。

磊子跑到这几个厂子门口，布袋子往地上一扔，撣开一条床单，卖袖套，卖口罩，卖白色褂子。销量最好的是裙子。磊子 10 块钱一条买回来，卖 30 块一条，一概不允许还价。

磊子口号打得也蛮响："镇长来了也这价。这叫童叟无欺。"

磊子应该是我们镇子里最早专业摆地摊的。她在卖裙子这件事上品行算是好的，再加上磊子家是著名的贫困户，姑娘们都愿意上她这儿来买，裙子买得衬心，话说出去也好听："人家磊子不容易，能帮一把就帮一把呗。"

镇里的城管也不管她。因为城管里还有她家债主呢，也不想让借出去的钱回不来。

我三天两头会见到努力贩卖裙子的磊子。我每见磊子一次，她都会给我们同以前不一样的感觉。她穿了胸衣，换上了干净的白衬衫、一条淡紫色的长裙和一双白色的帆布鞋。

磊子在一点一点变好。

磊子低头找零钱的时候，利落的头发唰地滑下去，遮住了磊子的半边脸。她翘起一根小指把头发拢到耳朵后面，笑吟吟地与对面的姑娘说："不好意思，请等一下。"

我一下子就发现我自己错了。

我以为磊子可以是男孩，也可以是个姑娘，在她的生命里，下顿吃什么比性别是什么更重要。

可是你看，磊子就是磊子，姑娘就是姑娘。磊，这个字里，无论有三个石还是四个石，磊子也是一个姑娘。

一个向着阳光拼命生长的姑娘。

郝远见磊子的次数比我多。他不是每天都见，但比三天两头频繁。

我常常见到郝远光着膀子把汗水浸透的T恤衫搭在肩上。郝远没有经济来源，又不能去劫钱买烟，憋得满脸通红，用手拍开一个熟透的西瓜，抓起来就啃。

西瓜不用花钱买，在郊区的西瓜地顺手牵一个回来就行。

郝远翘课陪磊子去进货，每人车后座紧紧绑着一个五彩缤纷的编织袋子。

物件越进越多，纺织袋子越装越满。磊子车后座的黑胶皮绳再也没法把袋子牢靠地固定住，于是郝远和磊子一手推着车把手，一手扶着袋子，从进货的地方一路把货推回镇子。

30公里的路两个人推五个小时。他们把编织袋子推回来的时候，镇子的上空正飘着一缕缕青烟，妈妈们系着围裙拿着马勺，一脚踏在门槛外，一脚踏在门槛里，没好气地冲着街边嬉耍的顽童拼命地喊："回家吃饭！"

那声音，久久回荡在磊子脑海里，真陌生！真好听！

后来裙子过了季节，磊子开始进马甲、手套、棉袜子、裤腰带，什么好卖卖什么，什么挣钱卖什么。磊子把头发扎成一个小鬏儿在后脑勺支棱着，娴熟地把物件装进廉价的塑料袋子里，打结系好，交给比她大上几岁的姑娘。

姑娘们从高中毕业，又或许中途辍学就到了厂子里打工。镇子里的厂子，挣得不多也累不着。她们愿意在磊子这里花钱。10 块钱、20 块钱，顶多 30 块钱就可以买到令自己十分欢喜的物件。

她们冲磊子微笑，脸上泛起一阵红晕。

磊子跟我说起那些姑娘的时候一脸羡慕的表情。

羡慕些什么呢?

我猜磊子一定是羡慕她们生活在一个圆满的家庭，父慈母善，有半亩良田，羡慕她们每走出一步，或远或近，都是自己的选择。

磊子从来就没得选择。她就像一头被生活蒙住眼睛的驴，苦哈哈地围着一口坚硬的磨不停地转。

她多想拥有奔向远方的权力。

哪怕赤裸双脚，哪怕风雨兼程。

郝远吃了一夏天的西瓜，手掌拍出了茧子。国庆以后，田地里再顺手也牵不出西瓜，于是郝远开始从玉米地里偷玉米。他用校服兜上十几根，在牌坊底下架起一堆火，火苗刺刺作响，玉米烤得喷香。

磊子不知道西瓜和玉米的来历，吃起来满脸的西瓜瓤和玉米粒，幸福得很。

那年一入冬就下了场大雪，足足30厘米厚。

磊子烧光了从荒地里捡回来的柴，托人低价买了一车煤。磊子、郝远我们仨裹了厚厚的棉衣，穿着大棉鞋，先用板锹把雪铲到路两边，再一点点把车往磊子家推。

我们咬着牙扎着马步，推不动就背过身用后背往前顶。后来我们热得把衣服都脱了，汗珠子从通红的脸上滑下来。不知道铲了多久，推了多远，才把那半车煤推到磊子家。

其实那一年我们镇子的煤炭业务已经包邮了，只是我们上门自取可以省30块钱的送货费。

那天磊子把炉子烧得旺旺的，磊子妈吃饱了，打着响鼾睡下。

我们三个推煤的脱了棉袄，满头大汗地围在炉子旁边烤火。

磊子自己进的狗皮帽子从来不舍得戴一下，耳朵冻透了，被炉子烤得又红又烫。郝远穿着湿透的毛衣跑到外面抓了一把雪，捂到磊子耳朵上，瞬间化成了水。

磊子在炉子上放了一盆白菜豆腐汤，用一个大了好几圈的锅盖扣着，时不时垫着抹布去看汤好了没、豆腐熟了没。

我们三个饥肠辘辘，眨着眼睛咋着舌，谁也没有注意到外面又下雪了。雪花一片一片，像漫天的白天鹅羽毛，从空中跳着悠闲的舞步散落下来。

炉子里的火燃得起劲，盆子里渐渐发出烧开水的响声，郝远赶紧抻长了袖子去掀。谁管外面的雪是 30 厘米厚还是 50 厘米厚。

磊子挽起袖管，叉开腿，伸长了脖子，喝了一碗又一碗。磊子满足地笑，好像当年她蓬头垢面，套着一件脏 T 恤跳到柴垛上比画着一支木剑时不知人间疾苦的那张脸。

磊子盘算着还有几户人家的债务没有还清。还清了以后，她要买辆三轮车，进更多的货，赚更多的钱给她妈看病。

磊子喝下最后一碗汤，把空碗捧在手里，幸福地打了一个饱嗝。

我和郝远也学着磊子的样子，把碗捧在手里，狠狠打一个饱嗝。

炉子上的豆腐汤咕嘟咕嘟冒着泡，磊子、郝远我们三个人低沉而热烈地讨论着我们人生中的所获与未知。

磊子的家里简陋而破旧，墙上没有一张壁画。

在磊子床沿的一角，贴着一张磊子捡回来的明信片。模模糊糊的字迹中有一句这样写道："姑娘擦去忧伤与彷徨，你的年华山高水长，穿上舞鞋，甩着肩膀，哼着你喜欢的曲子边唱边跳，去你想去的远方。"

第 3 章

PART THREE

我曾悄无声息爱过你

- Part 3 -

7 大鸟

小时候，我们家庭院前的李子树很高很大。每年 6 月，墨绿色的树叶散布在枝子上。我搬过来一张刚刷过蓝色油漆的小板凳，踮起脚去够那几颗看起来好像永远也不会红透的李子。我仰着脖子，太阳光透过稀疏的叶子照得我快要睁不开眼。

我反反复复、不厌其烦地数：“一、二、三……”

我看着它们由一颗颗青涩的面孔，一点点、一片片长成脸颊绯红的模样。我分不清它们是害羞的少女还是懵懂的少年。

妈妈说，要等李子红透了才能摘下来吃。

我满心欢喜，左等右等，希望它们快快长大。我又满心焦虑，害怕它们一夜之间都红透了。没有企盼的日子是可怕的。

许多年以后，李子树叶下的阳光已经被逐年生长的树叶遮去大半，小板凳被爸爸漆过一遍又一遍。每一层油漆下面，都盖着我一点点向外扩张的脚印。

爸爸笑我：“好像你的脚要长得比板凳都大喽！”

小时候，我以为庭院前的李子树很高很大。慢慢长大以后，我发现原来它也会悄悄变小。小时候，我以为庭院和李子树只属于我。直到有一天，我看见一个少年，他走路歪着头，两只手臂夸张地向后摆动，像一只马上就要起飞的大鸟。他神情中木讷又带着兴奋，他一脚踏在我爸刚漆过的小板凳上，去摘还没熟透的李子。

一颗，两颗。

然后是一盆。

然后是整棵树。

他是比我小三岁的表弟陈林水。我最开始听说这个名字，是在很多年前爸妈无休止的战争中。

我更小一些的时候，有两三年的时间，我爸每月都会按时把全家的一半收入汇给重庆一个叫作陈方正的男人。

我爸的眼睛斜视、散光，每次到邮局填单子的时候整个人都趴在柜台上，眼睛眯起一条缝，把脸侧到一边，斜着一个脑袋用力地写，一笔一画地写，好像字写不工整的话，陈方正就收不到这张汇款单了。

收到汇款单以后，陈方正会让他的老婆打一通电话过来，絮絮叨叨聊上半个小时，感谢我爸妈持续地帮助他们，另外要汇报一下他们的儿子陈林水通过治疗可以像正常孩子一样自己吃饭和说话了。

1997年的夏天，我十一岁。整个学校的黑板报上被人用五颜六色的粉笔涂满紫荆花。黑白电视机里的人们立在招展的紫荆花旗下，笑得比彩色电视机的色彩还要灿烂。

好像幸福感腾云驾雾，一个跟斗飞上天，以一种得体的姿态在空中爆炸，随之整个世界都接收到了被允许快乐的指令。

可是，那段时光是我记忆中最艰苦的日子。我的学费常常是被家访了几次以后才能交上，饭桌上的食物常常只有白和绿两种颜色，我妈和我爸吵完架以后常常躲在被子里哭。

只有我爸硬撑着一副身板儿，在电话里和陈方正的家人寒暄半天，再把我妈推到电话旁，两家人一同热烈探讨着我表弟林水的身心健康状况。

我爸说："要给林水找一所好学校。"

陈方正说："择校费要几万块。"

挂断电话以后，我爸揣着一本破旧的存折，跨上他的28式自行车，又往邮局去了。

所以当我见到李子树下的少年时，我一下便认出来那一定是我的林水表弟。他歪歪扭扭地站在那里，捧着一盆青涩的李子，痴痴地望着我。

陈方正和我爸在院子里抽烟。两缕青烟一块儿升到上空，在空气里消失不见。

陈林水捧着一盆青李子走到我面前，直勾勾地盯着我，在我的肩膀上轻轻拍了一下："你带我去松花江噻。"

说完，他又满院子转圈，两只手臂使劲地往后甩摆。

我跑到我妈身边，说："他好像一只大鸟。"

我爸不让我管陈林水叫傻子，他说林水只是和正常的孩子不一样而已。

我不喜欢这个和正常孩子不一样的傻子。

邻居家的孩子们听说我家里来了个傻子，都跑来看。胆子大的孩子们把林水团团围住，他们盯着林水看，林水也盯着他们看。

林水把怀中的李子一颗一颗分给他们。

他把我视为宝贝的李子一颗一颗分给孩子们。

远远躲在院子外的孩子直到确定林水不会发起疯来揍人，才悄悄溜进来，从林水的盆子里抓了几颗李子转身就跑。

人为什么会烦恼?

我想烦恼大概就是来源于，我们总是认为我们应该不断去拥有，而忽略了我们也许会不断地失去，比如友情和健康、青春与时光。

当我失去庭院前的李子树时，我也终于明白，原来世界上还有比没有肉吃更让人烦恼的事情，就是我们不甘心曾经所拥有的总有一天会离我们远去。

不过你不用担心。

时间是件神奇的武器，它会把许多往事从回忆中抹去。有一天，我一定会忘记曾经比天还大的烦恼，忘了我们年少时红脸是因为天气太热还是遇见了自己喜欢的男孩子，忘了某一天下午忘记带作业本被老师罚站，然后和一个寡言的女同学一同翘课去买蝴蝶胸针。

但是我一定会记得某一年的夏天，有一个很特别的男孩子，拖着一只旧痕斑驳的皮箱子，他的胸襟和下巴上沾满了李子汁。

据说陈方正，也就是我的表舅，在重庆曾经是保安队长，后来为了给林水治病开上了黑出租。

表婶从四川的农村走出来，到重庆打工。在嫁给表叔以前，表婶在一家洗头店打工。表婶为了能嫁给在省城里做保安队长的表叔，也是受尽了我表叔父母的冷眼。

结果我表叔基因不好，表婶生出来个傻子。表叔的妈妈也没有了做恶婆婆的底气，一家人越来越苦，却越来越融洽。

我表叔他爸曾经是一个厂长，家里有过一段气派日子。别人家孩子连自行车把都没摸过的时候，我表叔已经坐上红旗汽车了。那一年，全国红旗总产量才几百辆。

不过那都是很久以前的事了。林水的到来让一家两户人从两套一百多平方米的房子里搬出来，换成了两套四十多平方米的房子。

四十平方米的房子再也不能小的时候，表叔开始向亲戚伸手，一伸就是很多年。

庭院前李子树下，我听表叔跟我爸说，现在的亲戚里，也就只有我爸敢接他们家电话了。

我表婶走的时候泪水涟涟。我妈牵着林水的手走出院子，送了表婶好远。林水低着头歪着脖子，踢脚下的小石子。小石子顺势飞起来，满地的尘土飞扬，形成一片微小的沙尘暴。

表叔表婶跟林水道别。

林水紧张地拽着我妈的手，往她身后躲，一会儿又歪着脑袋跑出来。

路旁的向日葵耷拉着脑袋，林水也耷拉着脑袋。

直到我表婶哭着被表叔拉走，林水也没有抬头看他爸妈一眼。

我妈也哭得一塌糊涂，像戏文里的生离死别那么悲惨。

后来我才知道，我表婶在四川的爸爸工作时摔伤了腿，需要表婶回去照顾一段时间。所以他们把林水表弟送到我们家来过暑假。

我听见我妈偷偷问我爸：“林水能自己撒尿吗？”

我爸一脸为难：“也要试过才知道。”

晚上睡觉的时候，我爸把一只尿壶放到林水床底下，告诉林水：“小便可以用这个。”

林水不脱衣服，踢掉了脚上的帆布鞋，直接爬到床上。而后他又一下子滚下来，把皮箱用力推到床上，自己躺到一侧。

我妈说：“林水，把皮箱拿下来。这样睡着不舒服。”

林水转过身，一条腿搭在皮箱上面，谁也不搭理。

每天晚上，我爸等到林水睡着以后，把床上的皮箱拿下来放到地上；早上七点的时候，在林水睡醒之前再把它放回床上。

如果一定要找一个理由让我不那么讨厌林水的话，那应该就是自从他来了以后，我每一餐都能吃到肉。

八岁的林水吃饭不含糊，米饭盛满满一大碗，眼前的一盘菜很快就被他就着米饭通通吃光。林水吃起饭来像打仗一样，筷子在手和脸之间飞快地移动，米饭掉到他的衣襟上，顺着衣领掉到他的怀里，飞到餐桌上、地上。最后好像满屋子都是米饭了。

后来我渐渐发现，林水吃饭有一个特别的地方——只盯着他眼前的菜吃。对面的菜再好再香，他也不会去动。

于是我偷偷把青菜摆到林水面前，我爸再把青菜和红烧肉调换个位置。

这个家里我爸待林水最好，可是林水最喜欢的人是我妈。他管我妈叫大娘，每天跟在大娘屁股后面转，跟着我妈在庭院里拔草，收向日葵的种子。

林水说：“大娘，这些种子和瓜子长得一样。”

我妈说：“这些就是瓜子。”

林水眼睛瞪得特别大：“你说的是真的吗？”

我妈说：“真的，晒干了炒给你吃。”

葵花籽被晒在院子里，林水从早问到晚：“什么时候晒干？”

我爸说：“今天阴天，明天就能晒干。”

林水问：“晒干了就会被炒来吃吗？”

我爸点点头。

当天晚上，林水很晚都没睡，抱着箱子在床上翻来覆去。他不知道的是，我爸因为晚上要帮他拿箱子下床，也没睡。而我和妈妈都是等着我爸给林水拿完箱子才睡。

林水以为大家都睡了，提着箱子偷偷跑下床。他跑到院子里，拉开他的皮箱。我们躲在窗帘后面观察着林水，确定他是不是要偷偷跑掉。

箱子被打开，借着明亮的月光，我们看见箱子里装满了药。表婶走的时候嘱咐我妈，要帮林水吃药。林水每次吃药的时候都是端着一杯水跑回房间，出来的时候伸出一条舌头给我妈看，说自己把药和水全都喝掉了。

林水把地上的葵花籽捧到皮箱里。一捧，两捧……一共捧了五捧，随后他顿了顿，又捧出来两捧，小心翼翼地放到地上。

我爸在确认林水不是要偷偷溜掉以后，拉好窗帘，心事重重地躺回床上。

第二天，我爸跟这个“小偷”摊牌。

我爸和我妈挤在林水狭小的房间里。我妈给林水打了洗脸水和漱口水。待他洗干净，换了衣服以后，我爸才开口：“林水啊，你把皮箱打开给大伯看看，好不好？”

林水十分警觉地抱着他的皮箱往我妈怀里钻。

我爸又说：“林水啊，不管多不值钱的东西，一定要跟别人打过招呼才能拿，否则就是偷。”

林水气得呼哧呼哧，脸色涨红，眼睛直翻白眼，脖子更歪了。

他说：“我没偷东西！”

我爸说：“那你把皮箱打开，给我看看。”

僵持了很久，林水把箱子打开，满箱子的药几乎是蹦出来的。

葵花籽零乱地散落在箱子的各个角落。

我妈翻了翻，箱子里没有药的空盒，家里也没有。

我妈问：“林水，这几天你吃药了吗？”

林水又羞又恼地跑开，夸张地甩着手臂。

我趴在窗子外看到，他好像一只大鸟就要起飞了。

那天林水没吃饭，任谁劝也不吃。

晚上我妈给表婶打电话，电话的两端都在说着抱歉一类的话。我妈大概是说没照顾好林水，因为葵花籽这么小的事就惹得林水连饭也不吃。表婶也在抱歉，抱歉给陈家生不出来一个健康的儿子。

不像是抱歉，像是在抱怨。

最后，我妈问：“你一共给林水带了多少药？”

我表婶走之前给我妈留了一套睡衣——一套洗得发白的粉色睡衣，花纹是奶白色的星星和月牙。我表婶近乎央求我妈：“如果林水不听话不睡觉，可不可以穿上这套睡衣哄哄他？”

那套睡衣上有股淡淡的奶香味，像刚刚哺乳完一个刚出生婴儿的母亲身上的味道。

那天晚上，我妈穿了那套睡衣。她缓缓挨着林水坐到床上，林水先是躲开，然后小心翼翼地循着味道探到我妈身边，一头歪倒在她怀里。

整个晚上，我妈陪在林水身边。皮箱在床脚下散开，一包包药从箱子里蹦出来，铺了一地。

那些药对于林水来说，是最珍贵的东西。

林水家的房子从一百多平方米换到四十平方米，从吃穿不愁到需要靠亲戚朋友接济。林水知道，他需要很多很多钱，钱最后换成了很多很多药。

所以表婶告诉林水，吃完药以后就变聪明了，林水也不敢吃，他怕他吃完了药还要再买，他怕有一天他要和爷爷奶奶、爸爸妈妈再也没地方住了。

妈妈把晒干的葵花籽放在锅里炒，满屋子的香气钻进我和林水的鼻孔里、皮肤里。林水开心得把双手背到身后去，身子往前倾，围着屋子到处窜。

我说："别跑了，再跑就飞起来了。"

我妈把炒好的瓜子盛出一些装进袋子里，放到林水的箱子里，告诉林水："以后有想要的东西，要跟大娘说。"

林水剥着瓜子不吭声。

那天晚上，我们全家人在李子树下乘凉。

我爸沏上茶水，我妈把炒熟的瓜子端出来，我摆好板凳。林水痴痴呆呆地盯着我们看，转身跑回屋把我爸给他的尿壶抱出来。

在全家人讶异的神情中，林水一抖一抖地把他藏在尿壶里的东西倒出来。

一颗，两颗，三颗……是很多颗李子。

林水拾起了一颗在身上擦擦，咬了一口，抓起几颗递给我们："大娘吃，表姐吃。"

然后我们都吐了。

后来，林水在我们家的日子没有变得更好。因为疾病，他对很多事情都无法理解，性格多变，喜怒无常。他高兴的时候，会把两手摆在身后，像大鸟一样围着院子打转；不高兴的时候，歪着脖子，青筋从他的额头上暴出来。

他喜欢吃的葵花籽被晒了一地又一地，炒了一锅又一锅；他一共尿过三次床，早上起来的时候，偷偷地把被子藏到被阁里。被发现的时候，他又假装尿床这件事不是自己干的。

唯一不同的是，林水不再抱着箱子睡觉。

我妈每天都会打开箱子，把林水的药一包一包拆开，一盒一盒拆开，一粒一粒送进林水的嘴里。

药快吃完的时候，林水的暑期也快要结束了。

有一天晚上吃饭的时候，我表婶打电话来，说三天以后来接林水回家。

我爸特意从县城带回来一份樟茶鸭，带回来是凉的，我妈把鸭子放锅里倒上油翻炒，但看起来好像不是那么回事了。

盘子放在林水面前，我们谁也不动筷子，留给林水。

结果林水也没动。

我爸埋怨我妈："让你别放油炒，应该蒸一蒸。"

我妈说："行，下回知道了。"

晚上林水悄悄把我叫出去。

我们在李子树下一屁股坐到地上。月光透过树枝打到林水脸上，少年的心事一下子倾泻出来，像这装不下也抱不住的月光。

林水说："表姐，我想去松花江。"

我问他："为什么？"

林水说："因为我最爱坐轮船游长江，可是爷爷说长江没有松花江好。小的时候，爷爷说等我的病好了就带我游松花江。"

我思考了足足三秒钟。在这三秒钟里，我想通了三件事：一，好，我去；二，我没有钱；三，我爸妈知道了肯定不让去。

于是我问林水："你有钱吗？"

林水颤悠悠从口袋里掏出几张票子，我们俩数了一下，一共 98 块钱。

第二天一早，我就带林水去松花江了。

不，我没有带他去松花江。在我生命所经历的十一年中，我只去过牡丹江，还是五岁的时候被我爸妈抱去的。我打算按图索骥带着林水去那条江看一看，游一游。

路途不算遥远，我们坐了一个小时的车，又打了的。抵达牡丹江的时候，我和林水都很激动。

我们站在江边的护栏旁，林水问我："这就是松花江吗？"

我点头："对，这就是松花江。它比长江好看吗？"

林水面露难色，说："没有。但是爷爷说它好看，我就觉得好看。"

即便没有长江好看，林水也很兴奋，他再一次做出大鸟起飞的姿势。我没有阻拦他，看着"大鸟"在地上旋转。

然后腾空盘旋。

最后"大鸟"飞起来了，他的翅膀很宽阔有力，他的眼神尖锐、放光。

三天以后，表叔和表婶一起来接林水回家。走的时候林水的药快要吃光了，箱子空空的。我妈在箱子里塞了满满的晒干的葵花籽。

我妈告诉表婶："回家用锅炒熟吃，林水喜欢闻炒瓜子的香味。"

林水低着头，卖力地剥着瓜子，把瓜子仁堆成一座小山。

林水走的那天，我没起床送他。

我妈叫我：“起来送送表弟。”

我假装没听见。

院子里爸爸妈妈、表叔表婶的道别声越来越远，我蒙着被子，眼泪一滴一滴地滚下来。

我难以压抑，擦了眼泪，穿着短裤和背心跑出门口。我看见载着表弟的出租车已经呼啸着开走，在一片尘土飞扬中，慢慢从我的眼前变小，直到消失。

我妈跟我说，表弟走的时候留下几样东西给我。

一个小纸包，里面是一堆瓜子仁，密密麻麻地堆成一座小山；还有一盒药和盛着李子的尿壶。李子已经变软、烂掉，一颗颗摊在壶里，倒也倒不出来。

后来我再也没见过我的表弟——那只喜欢飞翔的“大鸟”。

我常常会想起他。我想，或许有一天，他吃完几箱子药以后就会变成一个正常的孩子了，不再开心起来就歪着头转圈，生气了就瞪大了眼睛，额头暴着青筋。

我偶尔也会感觉到庆幸，我不知道林水有一天会不会知道我骗了他。其实松花江到底在哪里，直到五年、十年、十五年以后，我也没有去过。

那天林水在江畔飞得满头大汗，整件 T 恤衫湿漉漉地粘在身上。在回来的大巴车上，他歪着头靠着我的肩膀。

林水累了，他的眼神涣散，手臂有些抽搐。

我听见林水说："表姐，谢谢你。现在我病死也没事了。"

我再听说关于林水的事，已经是几年以后了。

我表婶把林水送到一所昂贵的特殊学校里。她跟林水说，在那里林水和其他的孩子一样，降临到这个世界上之前，老天爷实在太欢喜了，珍藏下了一样属于这些孩子宝贵的东西。

有的人是声音，有的人是听觉，有的人是视力，林水是智商。

林水一直在这样的学校里认真而又卖力地学习。

据说教林水美术的老师是一位甩动双臂的中年男人。他在黑板上写字的时候用一种特殊的圆筒夹住一支粉笔，写起字来比正常人还要灵活还要快。

林水喜欢他，下了课就甩着自己的一双手臂奔跑着飞向他。

林水的音乐课老师是一个身体十分健康的北京女孩，长得很漂亮，专业是学美声的。她唱起歌时忽闪着眼睛，凝视着班里的同学。目光投到林水这里的时候，她会用眼睛格外地给予林水更多温暖与鼓励。

我表叔每每打电话向我爸说起这些事情的时候，我爸都像是做演讲一样，挂好电话，用格外洪亮的嗓子再给我们重复一遍。

后来我家搬家，已经废旧的家具和物件被我妈一一整理好，摆在储物房里。

我妈问我：“还要尿壶吗？”

那只装过李子的尿壶，除了残存的李子味道，生满了铁锈。

2010 年，我和林水阔别了十几年。

我在济南安顿下来，每年回家一两次，每次住上一周。近些年鲜有林水的消息，给我妈打电话的时候，我妈偶尔会把从林水妈口中得到的消息说给我听。听说他毕了业，头脑清楚了许多。

他在一家手工香皂工厂，每天负责给香皂打包装盒。工作内容简单，只需要记住同一个步骤反复操作。

后来我表婶跟着一些人去参加教会。教会里有人说林水是被上帝爱着的孩子，我表婶打电话跟我妈说，其实林水是被上帝亏欠的孩子。

在林水工作的地方也有很多和他一样的孩子——被上帝亏欠的孩子。

冬天的时候我意外接到了林水的电话。

他费了很大劲儿才跟我表达清楚，他喜欢上了一个叫幺妹的女孩。幺妹扎羊角辫儿，戴很大的发卡，打包装盒的时候坐在林水旁边。

林水说不出来“喜欢”这两个字，但是把意思表达得十分清楚。

幺妹喜欢吃海椒，重庆把辣椒叫成海椒。

幺妹喜欢蝴蝶结形状的发卡。

幺妹打包包装盒的时候特别快，一个小时能比林水多打三四个。

幺妹不识字，林水教她写“林水”。每天下班以后，幺妹用圆珠笔在手背上写林水的名字。写了一手背。

到洗手间洗手的时候，林水发现她小心地沾着水，单单不洗带林水名字的地方。

爱情来的时候总是不管不顾。

表婶说林水的智商只是几岁的孩子。但谁说孩子不能有爱情?

我们小的时候懂得和长得好看的小男生分享棒棒糖和巧克力，这与长大了愿意同爱人同分一碗稀饭也许是同一个道理。

表婶坚决不支持这段感情，后来基本是一门心思地要破坏林水和幺妹的交往。表婶告诉林水：“不要和幺妹好了。”

林水迫于无奈，终于学会了说谎。

只是后来表婶从林水的手上见到了圆珠笔的印记，时而写着“林水”，时而写着“幺妹”。林水下班之后跟幺妹一起洗手，打几遍香皂。幺妹写字的时候太过用力，林水搓红了手也搓不掉。

表婶采取了强硬手段，干脆不上班了，后来连教会也不去了，到林水单位堵住幺妹，告诫她请远离自己的儿子林水。

幺妹智商低下的情况比林水严重，她的头只有用力地抬才不至于狠狠垂着，眼睛有些斜。她张着大嘴问表婶："林水要去表姐家了吗？"

过了十几年，林水念念不忘那一年的牡丹江。有人告诉他那就是松花江，江面宽阔平静，藏着许多人想说又不肯说的心事。

因为幺妹的智商太低下了，表婶的告诫显得苍白无力。林水回家的时候手心手背上还是会有圆珠笔痕迹，"幺妹""林水"写了一串。

表婶后来托了几层关系，给林水找了另外一家残障人士工作的地方。

听说林水表现得不好，上班的第一天就砸坏了单位大门的玻璃。林水没说不是故意的，也拒不道歉，被单位里的人领着给送回家了。

林水绝食了。

我们小的时候跟妈妈吵架，在衣柜里或者茶几下面塞一张小字条，写着："我走了，我再也不回来了。"

许多年如一日，一言不合就写字条。

其实我们只是藏在院子的一角，或是仓库装米的箱子里，枕着芳香的白米，一睡睡上两个小时。我们一次也没走过，再艰难，也摸索寻找着回家的路途。

像林水一样的孩子绝食就绝食，不吃饭，也不喝水。两三天的时间，嘴唇干裂，眼眶发黑，憔悴得像枯槁老人。

我表婶让表叔给我爸打电话，我妈抢过电话，哭着说“不能这样对待孩子啊”。

后来林水离家出走了，背着一只空荡荡的双肩包，好像走的时候没东西可装，回来的时候，背包便会装满了。

林水比我们诚实。他不会写“我再也不回来了”这样让表叔表婶伤心的话。他写：“我去找幺妹。我想她。”

我能想象到林水走路的姿势，两只手臂背在身后，头向前伸着，踮着脚一蹦一跳的。他走得有些急，拼命地赶路，手臂越抬越高，好像一只鸟要飞起来了。

后来表婶跟我们提及这件事的时候，她也对林水的行为感到惊讶，仔细回想一下，竟然被自己一直当作小孩子、捧在手心里呵护的林水感动了。

在表婶眼里，林水的病注定让林水一辈子也没法好好地生活。她希望等她合了眼，有一个心地善良、智商如正常人一般的女人，替她照顾林水。

哪怕这个女人眼有些疾病、脚有些跛、嘴是斜的、脸是扭曲的，这些都没有关系，只要林水饿了，她懂得为他做饭，林水病了，她懂得在病床前端水送药。

多年以来，我一直讨厌表婶。

在她眼里，全世界只有林水，别无他物。

后来听表婶说了这些，我开始有些同情这个命苦的女人。

因为在她眼里，全世界只有林水，没有自我。

林水返回了手工香皂工厂。

他和幺妹的故事注定不会发展得太慢。

林水在电话里冲我傻乐，话都不会说了。

我说："我懂，我懂。"

我真的懂。

小时候，我们以为拥有了就会幸福。长大了，我们才明白失去的意义。

1997 年的夏天，紫荆花铺满了整片天空。每个人都在仰望中升起胸中燃烧的饱满情绪。那是一种多么盛大的典礼啊。

可是属于我的记忆，是一棵矮小的李子树，它结下了不算殷实的果子。它稀疏的树枝丝毫遮挡不住照射下来的日光，那日光结结实实地打在了我们的脸上、背上。

树下有一个少年，他背着双臂，快乐得像一只鸟盘旋而上，慢慢飞起来。他越飞越高，越飞越远，在天空中画出一道美丽的弧形。他告诉我，没有翅膀的大鸟，才可以飞得更精彩，更值得人们热泪盈眶。

8 爱情不裹腹，我们就此别过

我外婆说，她像我这么大的时候尝过爱情的滋味。

我不知道她指的爱情是什么。

外婆那个年代的爱情究竟长成什么模样呢?

应该是北方的深秋，有些不解风情的凛冽寒风轻轻吹着你的脸。那风里有稻谷的碎屑，有河边早已变黄的小草的干烈味，还有无棱无角的细沙被卷起来，通通吹到脸上。

你轻轻皱着眉，不能把脸背过去，眼前才是望不见尽头的秋收。你只能低着头，眯着眼，任风吹干你的脸。

这时候有一个身穿军绿色褂子的青年，扛着一把锄头，从风里走过来。他走过的泥土地扬起灰尘，裤角沾满了颜色深浅不一的泥点。他的脸上满是泥水和汗水，微红着脸颊向你走过来。

他把一条丝巾轻轻蒙在你的脸上。

这大概就是我外婆的爱情吧。

我和外婆见面不多，每年见一两次，忘了是几岁的时候第一次见，也忘了长大以后是几岁的时候得知外婆去世的消息。

但外婆给我的印象蛮深的。记忆中的外婆总是穿一件白色的棉布褂子，夏天单穿，秋冬的时候里面套件毛衣。她的背从我第一次见就一直驼着，见了我们，要努力地挺起胸膛。挺累了，她就把腰垂直歇会儿，歇够了再继续挺着。

外婆青灰色的头发一丝不苟地绾在脑后，说话的声音小到我需要把耳朵贴到她嘴边才听得见。

她不爱说话，交谈的时候，随便掷出一个问题，让我讲上半天。她半躺在一把古老的摇椅上，摇椅来回摇晃。外婆双手摩挲着已经发亮的扶手，满面慈容地冲着我笑。

例如她问："你给我说说，你们现在都过得好吗？"

我反问她："你问谁？"

外婆点着头，笑得满脸的皱纹都开了花："然后呢？"

我只好随便说："我爸妈都很好。"

外婆搓了搓手，把头发捋得更平整，紧张地看着我："然后呢？"

我马上心领神会，告诉她："我外公也很好。"

外婆应该听不清我在说什么，我也不知道在我一张一合的嘴里，她有没有捕捉到一丝外公的信息。但是每次她问我"你们现在都过得好吗”的时候，我都会告诉她外公的近况。

我外公很好。他还是像以前那么喜欢抽烟袋，一次就要抽上三锅。他每次抽完都要用烟锅狠狠地敲打鞋底，烟灰从烟锅里倾倒出来，外公再从烟袋里捏出一点装进去。

我会认真地把外公的这些事情讲给外婆听。

外婆也会很认真又卖力地听。最开始的时候外婆像小姑娘一样羞红着脸，嗔怪着回应道：“多大的人了也不知道爱惜身体。”

慢慢地，不知道过了多少年，外婆的听力下降得厉害。我大声地讲，她用力张着耳朵听，从听不清到听不见。

后来外婆戴上一副老花镜盯着我看，看着我的嘴唇上下嚅动的画面，好像那就是外公一帧一幅的生活。

在外婆无声的世界里，我给外婆讲述着外公。外婆老泪纵横，用苍老的双手小心地擦拭着眼角。

我想，这就是外婆的爱情吧。

外婆的古老又鲜活、热烈又隐忍的爱情吧。

我妈说，那段爱情发生在好几十年前。

我外婆是带着三个儿子改嫁给我外公的。改嫁的原因太简单粗暴了，就是跟着原来的男人吃不上饭了。外婆说那时候人们都经历过饿肚子，整个村子的人都饿肚子。

那个“大帮哄”的年代，村里的人看天吃饭，全家的收入在于给生产队出多少劳动力。一男一女组成的家庭，如果这一家养不活三个孩子，那么别的家庭也养不活。

外婆是辗转了很多个村庄与生产队、历经了很多次说媒与相亲才遇见我外公的。说媒的人在别人家磨破了嘴皮也没能成功让外婆进入别人的家门，在我外公这里也差点失败。

我外公只看了一眼外婆，她手里拽着因为饥饿与疲累而快要贴到地上的大儿子和二儿子，背后背着刚刚哭闹过已经熟睡的小儿子。睡梦里，小儿子裹着香甜的乳汁，口水打湿了外婆的半个肩膀。

或许是因为背着孩子走了很远的路，外婆的背微微向前倾着，头发整齐地梳成一个髻，从头到脚灰蒙蒙地罩着一层土。汗水从外婆额头缓缓流过好看的脸颊，流到下巴颏，流到脖子里，流出一条混浊的水坑。

我外公问媒人：“不是说只带一个孩子吗？”

媒人臊得回头指责我外婆：“不是只让你带一个孩子来吗？”

外婆嘴角抽动了一下，两只手抓紧老大老二，把弯曲的背挺了又挺，转身要走。

午后的阳光毒辣，外婆挺着一副单薄的身板儿要被烤干了。地上的青草被晒出了清香味，通过鼻腔钻到喉咙里，流淌到我外公的心里。

那个被烤干的外婆听见外公说：“来都来了，别走了。”

直到许多年以后，我外婆已经到了满头青灰丝、头脑混沌不清的年纪，她依然清楚地记得，那是她听到过的世界上最美妙的情话。

外公的灰白色汗衫被风吹得在身上摆动，勾勒出一副健壮结实的胸膛。他的眉毛很粗，鼻梁坚挺，涨红了脸，只看了外婆一眼就赶快挪开眼睛。他分明是一个稚气未脱的少年。

我外婆听到那少年说：“别走了。”

她用衣袖在脸上胡乱抹了一把，汗水、泪水混在一起，把脸擦了个干干净净。

1959 年的春天，我外公在生产队队长家借了一驾牛车，赶了 30 里的路，把大他五岁的外婆从隔壁的村子接回家里。

外婆的嫁妆是三个儿子和一小包孩子们用的衣服和尿布。外公精心布置了他的新房：把炕往外扩大了一倍的面积，新添了两套被褥和几副碗筷。

我外婆从媒人的口中知道外公叫春风，我外公从媒人的口中知道我外婆叫清梅。

他们从来没有叫过对方的名字，我外公管我外婆叫“姐”，我外婆管外公叫“他叔”。

没有婚礼，连一顿简单的喜宴也没有。不常来往的亲邻来外公家串门时，听见外公管外婆叫姐，真的以为那是他姐。

偶尔，没眼色的人盯着外婆梳得平整的发髻和丰满的身子，两眼直冒光，说："春风啊，你姐长得真好看。"

在我外婆的回忆里，她对我外公说的最多的一句话就是："他叔，委屈你了。"

我外公不善言辞，朴实又木讷，除了饿了要吃饭、困了要睡觉、劳动就能挣工分以外的话题，都是他无法理解也答不上来的。

外公十几岁的时候就没了父母，只有村里没劳动力的老头儿们愿意花时间关照外公。外公跟老头儿们学着生活，学着不苟言笑，学着抽烟袋。

所以从那时候开始，外公右手的大拇指与食指由于长期往烟锅里塞烟叶子而变得发黄，永远散发着浓郁的烟油味。

村里人都管我外公叫小老头儿。

终于有一天，小老头儿的生活有了变化。

他的头发不再是一堆乱草，手指甲里不再塞满黑泥。辛苦劳动的间歇，青壮年们对着体态丰盈的女人们吹口哨，外公也不再木讷得像一头只会盯着土地发呆的老黄牛。

我外公变成了一个懂得害羞的少年。他只看外婆一眼就羞得满脸通红，躲到一旁一边抽烟袋一边偷偷瞄着外婆好看又精致的脸。

我外公娶外婆的那一年，风调雨顺。生产队的收成好，每个人都挣了很多工分。工分攥到外公手里，变成了钱、粮食和两块布。

外公找人把一块纯白色的棉布做成了一件褂子送给外婆。

外婆把另外一块深红色的花布做成了一道帘子，用一条铁丝挂在炕中间，把外公外婆和三个孩子分开。

那一天，我外婆蒸了一锅馒头。她给从田垄间下工回来的外公打了热水，洗了头发，擦去了身上的汗水和灰尘，为他换了一身干净的衣服。

我外公是被外婆恭敬地请到饭桌上的。外婆的神情严肃，像在做一场肃穆的仪式。

老大老二被外婆要求着端坐在桌前，看着桌上冒着腾腾热气的馒头，两眼冒着光。老小在炕上，吃饱了奶汁咬着手指，咿咿呀呀说着谁也听不懂的语言。

外婆问老大老二：“想吃馒头吗？”

老大老二说：“想吃。”

外婆说：“叫爸。”

我外公心一抖，紧张地低下头。

我外婆把手伸过来，抓住外公的手：“快叫爸。”

老大问："那我管我原来那个爸叫啥？"

我外婆从炕上抽起鸡毛掸子："不叫就打断你们的狗腿。"

老大抓起一个馒头："爸。"

老二也抓起一个馒头："爸。"

入夜的时候，三个孩子在帘子的另一边酣然入睡。麦芽糖的味道从孩子们的嘴里一直甜到梦里，口水沿着嘴巴流到脖子上。

在嫁给外公以前，我外婆带着他们吃过麦糠、吃过烤土豆、吃过榆钱。在一段很长的岁月里，他们以为自己马上就要饿死了。

他们跟着外婆见过很多个男人，高的、矮的，胖的、瘦的，俊的、丑的，年长的、年轻的，健康的、羸弱的。

没有一个男人愿意给他们一口吃的。

外婆带着三个孩子来了以后，外公的饭量减小了一半，要从自己的嘴里省下来，分给外婆，分给老大，分给老二，分给老三。

那晚我外婆说："去外面吧。今晚有月光。"

我外公问："啥？"

初夏的夜晚，月光倾泄下来，洒到外婆的脸上。蟋蟀在一旁不安分，吵吵嚷嚷，叫个不停。

外公和外婆肩并肩坐在月光下面，外婆穿了外公送的白褂子，外公悄悄把手放到了外婆手上。

外婆说：“我妈说，女人就是做饭洗衣生孩子的。所以我一口气生了三个孩子。”

我外公右手的拇指和食指捏到一起，烟草味钻到了鼻子里，他想抽一袋烟。

外婆说：“虽然你不爱说话，也不看我，但我觉得我在你家里，你没把我当成洗衣做饭的工具。你以后叫我清梅吧，我叫你春风。”

外公也尝试着望一眼夜空，安静又神秘。他无法理解这是怎样的一种美景。月亮升起来要睡觉，太阳升起来要去干活儿；春天要撒种，秋天要收获。

世界上除了这些以外，原来还有别的东西。

一年以后，我妈出生了。

外婆为了给外公减轻负担，生完我妈第二天就到生产队干活儿了。外婆用旧衣服做了一条背带，把我妈打了包背在身上。

我妈说，那个年代家家都会生上几个孩子，我外婆不是唯一背着孩子劳动的妇女。但像这样，背一个，扔一个在地头爬，剩下两个能走能跑的满处乱窜的，也就只有我外婆。

我妈三岁以前都是活在外婆背上的。如果那么大的孩子也会有记忆的话，一定是睁开眼睛永远是一个洁白孱弱的后背，有些温暖，有些湿润，把脸贴上去，一股汗酸和肥皂香混合在一起的味道。

在背上生活的孩子通常很大了才有自己吵着吃喝吵着排便的能

力。我妈吃奶在外婆怀里，拉撒都在外婆的背上。

与我外婆一起背孩子的女人会相互提醒，日头到了什么位置，她们就要集体围成一个圈，把身后的孩子放下来，解开胸前的纽扣。

男人们谈女人，女人们谈男人，年轻的妈妈臊红脸，却又把耳朵竖起来听。

我外婆瘦弱，平日吃不饱，加上生完孩子就下地干活儿了，所以奶少。她经常趁别人一个不注意，把我妈的脸塞到奶水充足的女人胸脯下面。

我妈像是能够领会外婆的用意一样，狠狠地吸上几口。女人被吓一大跳，笑骂着闪开，合上衣襟。

我外公劳作的地方离家更近，但是每天下工以后，外公会多走几里地来接外婆。那时候外婆的儿子们跟外公已经很亲近了。老大头上顶着杂草团成的球跳着向前蹿，外公拽着老二抱着老三。

夕阳的余晖把外公的身影拉得很长，外婆在后面一边跟着，一边看。

不，是一边欣赏。

外公的裤角一个卷起一个没卷，军绿色的解放鞋上沾满了干的泥块。走路的时候脚底狠狠地踩到地上，掀起一阵尘土飞扬。

这世界，没有比这再美好的风景了。

外婆说，那个年代人们什么滋味都尝过，挨饿的滋味、受冻的滋味、一头倒下去就再也不想站起来的滋味。

好像没有谁尝过爱情的滋味。

但是外婆尝过。

忙完了春天的播种，人们或多或少有了闲暇的时候。我外公偶尔笨手笨脚地趴在小学教室的窗口上窥望。教室里的孩子高矮不一，低年级和高年级的通通坐在这个教室里。一会儿给高年级上课，一会儿给低年级上课。

外公把老大塞到教室的第一排，嘱咐他："不管老师上高年级还是低年级的课，你都跟着读！"

我外公跑出来拿着半截粉笔，在窗棱子上画着老师写在黑板上的字。

我外婆生日那天，外公从房梁上够下珍藏的面粉，给外婆做了一碗长寿面。

吃完晚饭,我外公神神秘秘地拉上了帘子,让我外婆把眼睛闭上。

我外婆狐疑地闭上眼，再睁开的时候，面前多了一张草纸。纸上面歪歪扭扭写了两个字："青没。"

我外婆问："这是什么？"

外公爬起来，捏了一小撮烟叶子塞到烟锅里。他要压抑住他的紧张与兴奋，这是他准备了几个月的生日礼物，这是他趴在教室的窗框子上学了很久才学到的两个字。

“清梅。”我外公回答，“你的名字。”

我外婆一下就笑弯了眉毛，她说：“对，你写得真好。”

那样的日子真好。

然而并没有一直好下去。

那年冬天天寒地冻，家里的雪下了整整七天七夜。

男人们把家里的柴都烧光了，雪还是没有停。土炕上的温度一点点下降，我妈在外婆怀里饿得直哭。

外婆给我妈喂了八个月的奶，终于再也不能从胸脯里挤出乳白色的温暖的汁液了。我外婆把过冬的粮食磨成米糊，送到我妈嘴里，我妈哭着吐出来。

外婆不允许她的儿子们到处乱窜，她告诉我那几个可怜的舅舅：“待着、坐着、躺着都行，省点体力。”看这样的天气，来年春天的地是不好种了。

队长带领着男人们不分昼夜地跳上屋顶清扫大雪。在这场连绵的大雪里，有三户人家的房子被大雪压塌了。

我外公像一个大英雄一样，从这一家的房顶跳上那一家的房顶。他看见下不完的雪、除不光的雪、鹅毛一样的大雪、细碎连珠的小雪，好像整个世界要被雪给埋起来了。

七天的时间，我外公外婆好像度过了无比漫长的岁月。

这段时间里，我外公不断地往屋顶上跳，我外婆不断地祈祷。她祈祷女孩子不要再哭、男孩子不要再闹、明年从生产队领回来的粮食一定要够外公和孩子们吃的。

外婆回忆起那个冬天的时候总会怪自己，她怪自己是在心里默默祈祷的。如果她跪到雪地里仰着头向天空大声地祈祷，不知道结果会不会不一样。

那个令人厌恶的冬天，断断续续下了一冬的雪。

队里的牲畜冻死了一半，剩下没死的都是生命力顽强的，被分派到每个人家里。我外公领回家的是一头健壮的大黄牛。

大黄牛的到来给我那几个舅舅增添了不少乐趣。老大蹦着高想爬到牛背上去，他搬了一张板凳跳得老高，从牛背上滑下来，一次又一次。

老二拽着牛尾巴，大黄牛回过头看一眼瘦成一把骨头的孩子，立刻原谅了他，娇嗔地冲着我外婆“哞”了一声。

与大黄牛和平共处的时期结束在那年春节。

大年三十的晚上，我外婆蒸了几个馒头，熬了一锅玉米面粥。有人跑过来告诉我外婆，我外公从屋顶上掉下来摔伤了腿。外婆套了件衣服跟着去找外公，我那个大舅舅也跟着跑出去。

大黄牛冲上了火炕，吃光了所有的馒头和粥。我外婆搀着外公回来的时候，老二和弟弟妹妹正缩在一起哭。

那个春节，外公家里早早黑了灯，所有人躺在炕上饥肠辘辘。

窗外，有人点了灯笼，偶尔有鞭炮声三三两两传过来，火光隐秘地飞上天空，马上消失不见。大黄牛吃饱喝足哼着小曲，排了一坨粪便。

那真是一场令人深恶痛绝的雪灾。我外公外婆的美好爱情、生活和未来，通通结束在了那场雪里。

大队整整两年都没有好收成。队长说，我外公摔伤的腿迟迟没有痊愈，他只能跟女人一起干活儿，只能领女人的工资。

一家六口人要吃饭，两个女人的工资基本上等于一个男人的工资。饭都吃不上，更没有钱给我外公治病。

老大老二的饭量越来越大，外公和外婆每天只吃一顿饭，但是省出来的粮食依然不够全家糊口。他们的日子变得越来越艰难。

我妈三岁的时候，瘦得全身没有一点肉，皮紧紧地贴到骨头上，眼睛陷在眼眶里，在地上见到什么东西都会捡起来塞进嘴里。

我大舅舅躺在炕上，眼睛也不睁开。

他问我外婆：“妈，我是不是快饿死了？”

我外婆说，那天夜里又有月亮了。我外婆牵着外公的手，抚摩他的大拇指。

她说：“别老抽烟袋了，手指都黄了。”

我外公闷着头“嗯”了一声。

我外婆说：“别光‘嗯’，像大黄牛。真想杀了它。”

我外公笑了一会儿，很快就再也没有力气笑了。

夜风麻酥酥地吹过来，外婆把头发用力地往脑后拢。

我外婆问：“春风，你能不能给我说几句好听的话？”

我外公害羞地搓着手：“说啥呀？”

说什么呢？

我外婆也笑了，她望着头顶上的月光如流水，夜空如长河。宇宙那么大，为什么不能包容这小小的生命？

我外婆说：“就当你说过了。”

外婆大概永远也不会忘记，那一年的春天，她一个人背着孩子走了很远的路，头发整齐地扎成一个髻，汗水从外婆额头缓缓流过脸颊，流到下巴颏，流到脖子里，流出一条混浊的水坑。

我外公说：“来都来了，别走了。”

那一瞬间，世界上还有哪一句话能比这一句更美妙。

在我外婆的三个儿子又快要被饿死的时候，她带着他们改嫁了。我外公托了好多人才打听到有这么一户肯接受三个现成儿子的有钱人家。

他们家住在城里，端铁饭碗的。家里是瓦房，不管下多少天的大雪，房屋不会塌，不会让我外婆和三个儿子饿肚子。

外公跛着一条腿，借了一驾牛车。他拉着我外婆和三个儿子走了不知道多远的路，从白天走到了晚上。

外公的烟袋一锅接一锅地抽。抽完一锅，甩开杆子往胶鞋底上磕。“嗒嗒嗒”三声，一锅烟灰被磕出去，外公再捏一撮烟叶放进去。

他看着外婆领着三个孩子进了别的男人家里。那房子红砖白瓦，整齐又气派。那男人也不错，说起话来谦和有礼，像是个跟外婆能说上话的有缘人。

外公把牛车靠在瓦房前，一个人在屋外抽了一宿烟。

第二天那个男人带我外婆去拍结婚照，我外公也跟去了。拍完结婚照拍全家福，那个男人和我外婆坐在板凳上，每人抱一个孩子，老大躲在我外婆身后不肯出来。

外公说：“老大出来，拍一个。”

老大从外婆身后钻出头来。

拍完照，我外婆不肯走。她拉着那个男人的衣角，思忖半天才敢发问：“我能不能和春风拍一个？”

几天以后，外公又赶了一天的牛车来取照片。照相馆的人把照片递给他，外公看见外婆的脸羞答答，她眯着眼睛，笑起来可真好看。

外公也笑了，拍照那一天，他狠狠地把脚上的泥巴都拍下来，放下了裤角。他看见照片才知道，原来拍照是不拍脚的。

离开照相馆，外公一屁股坐上牛车。外婆撕扯着衣角，想说的话有许多，却什么也不能说。我外公拍一拍牛屁股，车轮缓缓地在平坦的马路上滚起来。

外公回过头对外婆说：“好好过日子，我走了。”

然后外公听见那个头发永远都梳得一丝不苟、脸蛋永远红扑扑地发着迷人的光、说起话来神秘又好听的女人，她好像整个人瘫到地上，撕心裂肺地哭起来。

外公没有再回头。

那是外公和外婆最后一次见面。

我妈说她捏着我外公写给她的地址去找外婆，外婆把字条看了一遍又一遍。她把字条收藏了起来，和那个写着“青没”的字条放在一起。

外婆的话题老套又单一，每次见到我妈的时候，不论绕了多大的弯，都会回到关于我外公的话题上。

“你爸又去学写字了啊。”

“你让你爸别总抽烟袋。”

“你爸的腿不好，冬天要多穿条棉裤。”

我十六岁那年，外公去世。腿病折磨了他大半辈子，心里面的思念纠缠了他大半辈子。外公送走我外婆以后，从此没有再娶。

他决口不提外婆，那一年头发整齐、被晒成干的外婆，那个脸蛋好看、穿白色褂子的外婆，他都没有再提过一句。

他弥留的时候，把我唤到他的病床前，塞给我一张字条。他的手苍老又无力，手筋软绵绵暴露在外面，手指甲干得好像马上就要裂开了。

外公在说话，可是他说的话我一句都听不清。他不住地把字条往我手里塞，却又死死捏住不放。

渐渐地，他臂膀上的最后一点力量也没了。他张着嘴，把最后一口气吐给了这个令他不能原谅的世界。

我展开字条，上面工工整整地写着：“清梅，我爱你。”

我们一直不敢把外公去世的消息告诉外婆。每年去看她的时候，我们反复编撰着关于外公的生活与故事。

比如他的牙都掉光了，耳朵也像外婆一样听不见了。

我知道外婆听不到，却很开心地笑，把脸笑成一朵绽放的花朵。

得知外婆去世的消息是在几年以后，我在外地读书，没能送她最后一程。我妈打电话告诉我，外婆走得很安详。我妈把外婆所有的白褂子和两张快被捏烂的字条都一齐烧给了她。

我问我妈："你说，相爱的人会以其他方式相遇吗？"

我妈哭了。

有人说，人死了以后会变成星星飞上天空。我希望那两颗星星会紧紧地挨在一起。

因为那两颗就是我妈的爸爸和妈妈。

因为那两颗是我的外公和外婆。

9 失恋的人应该去的地方

2010 年 4 月 1 日，举国“傻子”欢庆的日子。

余良自己也欢庆了一下，一个人窝在咖啡馆里喝了几杯红酒。那里的酒贵得离谱，一杯的价格在超市里可以买上一瓶。

隔壁桌的一对情侣好像刚吵完架。女孩子跷着小拇指用勺子搅着咖啡，眼睛有一搭没一搭瞄着窗外躺在一辆白车上的猫。男孩也点了一瓶啤酒，扬头喝的时候喉结一起一伏。

两个人很长时间没有说话。

午后的阳光晒在车棚上，那只猫伸了个懒腰，爬起来打了个哈欠，跳下车。

女孩表情里闪过一丝失落，手里的勺子轻轻跌进杯盏里，溅起的咖啡落到白色的陶瓷碟上。

她说：“分手吧。”

这里真是分手的好地方。余良的心里一万只羊驼狂奔而过。

啤酒顺着男孩的喉咙一股脑儿流下去，那些不愿离开的，顺着玻璃壁缓缓滑下瓶底。

余良一口喝干了杯子里的酒，仰着头。杯里残留的酒一滴一滴落下来，滴到余良嘴里，滴到他脸上。他舔着杯沿，哪怕一滴也不要留下来。

“分就分吧。”余良心里默默说。

两个小时以前，余良也在这里失恋了。

小艾跟余良面对面坐在这家咖啡馆里。小艾点了一瓶红酒，余良点了一杯美式咖啡。

窗外两只猫在打架，一只打赢了，跳上一辆车。打输的那一只，翘着尾巴离开，以一种虽败犹荣的姿势。

小艾说：“分手吧。”

余良连屁也没放一个。

他和小艾的爱情断断续续谈了三年。余良老早就在想，哪怕有一天他们走不到一起，那也算得上一场纯粹的爱情，没有鲜花，没有电影院，没有旅行，没有亲朋的祝福。两个人牵手牵得满手心都是汗，在漫天飘着柳絮的街头点两碗豆腐脑。

那是像爱情又不像爱情的爱情。

窗外的猫又跳回自车棚上，它换了一个姿势，把头埋在怀里，尾巴收拢，它团成了一个球。

男孩放下啤酒，把手放到女孩的手上。

他说："我不要分手。"

余良起身埋单。他晃晃悠悠地走出咖啡馆，窗外一阵冷风刮过来，余良手软得连把挽起的袖子放下来的力气都没有了。

这么冷的天，阳光与那只猫，竟然把它演绎得如此温暖。

余良打了一个寒战，心里忽然有点悲哀，似乎自己就没把爱情这件事做好过。

2007 年以前，他的恋爱也是一塌糊涂。

大学毕业以后，余良和女朋友各奔前程，天涯海角。异地恋谈了好几个年头，把心血都快榨干了，最后和平分手。

也是一个清冷的天。余良听朋友说，失恋的人应该去青海。千山之巅、万水之源，那里空气纯净得没有一丝杂质，人们善良可爱得像孩子。

任何怀着虔诚去朝拜的人，都会在一望无垠的草地上与好像伸手可触及的白色云朵下面永远忘记忧伤。

三年过去了，余良忘了 2007 年他的忧伤是什么样的滋味。

他只记得那天下了小雨，他一个人躲在家里，雨水还是泪水缓缓流进嘴里，又咸又涩。易拉罐装的啤酒被喝光，三三两两地扔了一地，他胡子拉碴地开着电脑查去青海的攻略。

小艾为什么要出现在他的生命中呢？

余良一闭上眼睛就会想起来。她那天穿了一条及脚踝的长裙，坐在咖啡馆里的一张长条桌前。桌前围着一群将要自驾去青海的人，小艾是其中一个。

不同的是，在众多的咖啡杯子中间，小艾的手里紧紧攥着一杯红酒。

小艾不喜欢多说话。

带头的那个矮胖的家伙，一脸面善，眉毛很浅，笑起来有两个深深的酒窝。大家都叫他团长。团长说，在座的每一位都要介绍一下自己，还有为什么要去青海。

可能是因为小艾喝了红酒，或者咖啡馆的昏黄灯光稍稍眷顾了小艾。她站起来介绍自己的时候，声音像是曲水亭老街里的泉水清茶一样甘甜，像北方骄阳下一棵槐树下不小心经过的轻风一样清新。

她说：“我听说，失恋的人应该去青海。”

小艾明明笑着，一行眼泪却从她的脸颊倏地滑下来。

余良应该就是从那个时候爱上小艾的。

她看起来与众不同。在热烈地疯狂地追逐青海的人群中，唯独她是个安静得不得了的女孩子。她又好像比每个人都憧憬去那里朝拜，她一定不会去看攻略，不会去看任何青海早早暴露给她的一切消息。她需要那种豁然的神秘感，她要对经过的每一寸土地、每一口酥油茶都虔诚地感恩。

她注定会在这场朝拜中得到解脱。

她注定会成为走进余良心里的那个人。

聚会结束得很晚。

大家讨论去青海应该是十辆车还是八辆，带去的干粮是四箱还是五箱，是轮换着一直开到青海去还是中途找歇脚的旅馆。

小艾始终没有发言，好像只要可以带她去，开汽车还是坐火箭，她都不在乎。其间小艾又点了几杯红酒，一杯接一杯地喝。

大家一开始还算比较友好，到后来因为意见不统一而吵得很凶。

团长一拍桌子，说："别吵了，大不了不去了！"

余良看到小艾送到嘴边的杯子停顿了一下，泪痕挂在下巴上，她的脸绷得很紧。大家纷纷闭上嘴，抓过自己的咖啡杯胡乱往嗓子里倒。

所有人都不再言语，各怀心事。咖啡馆瞬间安静下来。

庆幸的是无论你高矮胖瘦，嗓门大小，是欢愉还是悲伤，终究会在同样的目的地把生命与生命纠缠在一起，坦白一切伪善，放空一切不想输掉的灵魂。

四散以后，小艾倚在车前等她的代驾。

余良也倚过去："知道要喝酒的话就不应该开车。"

小艾摇晃着手机："你不知道有代驾吗？"

余良一笑："和陌生的男人坐在一辆车里，很不安全。"

小艾也笑了，在街角的路灯下面，浅浅的表情纹变得很可爱。

她说："你别唬我。"

代驾小哥驾着轻巧的小电动车由远及近。小艾从口袋里掏出车钥匙，余良接过钥匙，抽了一张钞票塞到那个代驾手里，钻进驾驶室。

月光如炬，小艾开了车窗，外面飘进来一丝冷风。

小艾把头上的皮筋扯下来退到手腕上，她调整了座椅，软绵绵地瘫下去，好像整个人都窝在棉花里了。

"你也是陌生的男人。"小艾说。

余良看了一眼手表："快消时代，我们喝了六个小时的咖啡，并且即将在青海的往反途中共同度过十几天，应该不算陌生人吧。"

小艾伸出一只手："我没喝咖啡。我喝了五杯红酒。"

余良纠正："六杯。"

快消时代的爱情好像比从前容易一些。

有人说从前的日子很慢，车、马、邮件都慢。如果我想你，就翻过两座山走五里路，去牵你的手。

不知道从什么时候开始，生活好像加快了节奏，我们马不停蹄地游走在城市中，谈了一场又一场恋爱，一如游历了一城又一城的山水。

不知道从什么时候开始，我们好像变懒了，我们不再挖空心思地说着一句又一句好听的情话，不再跑遍城市的每一个角落去搜寻一家搬迁的米粉店。

我们心里不再揣着一个无可取代的人，欢喜又悲伤地度过一年又一年。

与一个人从陌生到熟悉，好像从三年变成一年，从一年变成三天，从三天变成一个吻。

余良和小艾的爱情就是在这样介于陌生与熟悉之间开始的。

或许在某一瞬间，余良是有些后悔的，牵手和拥抱都过于唐突。那天晚上余良把车停到路口，沿着阴暗狭窄的胡同走进去，小艾渐渐加快脚步，身影渐渐隐没在黑暗中。

余良停下来，不知道该继续跟着走还是到此为止。

这时候小艾也停下来转过身：“喂，我还不知道你叫什么呢。”

余良有些愕然：“下午不是介绍过吗？”

小艾顽皮地摆了下头：“没注意听。”

“余良。”他回答。

小艾点了点头。她说：“余良，谢谢你送我回来。再见。”

在小艾转身离开的瞬间，余良鼓起勇气快走几步拉住她的手，把她抱在怀中。

小艾的胸脯贴到自己身上，余良感觉心里发胀，柔软的、酥酥的感觉停顿了十几秒，小艾别过头跑了。

余良整晚没睡。

他有懊悔，也有些恨自己。他不明白那个拥抱是一个失恋人疗伤的方法，还是迎接新一段爱情的最佳姿势。

第二次聚会小艾没参加。

余良第一个抵达咖啡馆。他早早地点了两杯红酒，忐忑地等在那里。他想，如果见到了小艾，他是否需要对上一次的无礼做些什么。

比如说一些抱歉之类的话，或者递上一杯红酒，告诉她这种红酒很好喝，他会带上两箱，去青海的路上总是要有几晚酩酊大醉，才对得起这场旅程。

人一个一个到达，余良的目光紧锁在两扇对开的玻璃门上。一扇从外面贴了四个字："欢迎光临。"另外一扇从里面也贴了四个字："谢谢，再见。"

这里的人点上一杯咖啡也许坐上一下午，也许半个小时就匆匆离开。他们在这里聚会、谈情说爱、写字画画，或者只是想一个人待着。

进来的时候，有人热情地弯下腰欢迎你。走出去的时候，仍然有人卖力地喊着“一定要再来哟”。

可是，不管你喊多大声，面部的微笑多充足，弯腰的时候多真诚，想来的无论多大风雨都会来，不想来的，终究只是你生命里的过客。

余良不自觉地轻轻抬起嘴角，无声地笑了一下。他把两杯红酒倒进同一个杯子，一饮而尽。

团长特意为这次旅程给大家做了带有同样标志的头巾，并且把行程路线和需要的物资列了个清单，每个人都有任务。余良接过单子，首先看了一眼自己的任务，是准备水和各种各样的药品。

他又马上看了一眼小艾的任务，是准备红酒、相机以及一些琐碎的物件。

余良有些惊讶：“这红酒……”

团长伸过头跟余良解释：“上次小艾说途中我们带着红酒，要大醉一场。”

聚会结束后，团长说小艾生病了，所以没来参加当天的聚会，问大家谁方便把小艾的头巾和清单给她送去。

有人一下蹿出来说：“余良吧。上次看到余良和小艾上了同一辆车，应该是认识的。”

余良笑了一下。好像即便小艾没有弯下腰说“一定要再来哟”，冥冥之中，他也是那个会再次走进她生命的人。

余良接过小艾的头巾，说：“认识，还挺熟。”

城市的道路白天和夜晚总是两个模样。明亮刺眼的路灯和支起摊子叫卖袜子、围巾、手机壳的小贩，好像比白天匆忙冷漠的人们更让人喜欢。

余良坐在副驾驶座，把窗子落下来，清冽的风让他酒醒了不少。

他认出了这条街道，那天晚上他开着小艾的车经过这里。蛋糕店门口是卖烤鱿鱼的，鱿鱼摊的旁边是卖羊肉串的。

余良看了看手表，下午 16：30。此时路两侧的人们神色各异，人行道的绿灯亮起，人群呼啦一下拥上斑马线，肩膀碰着肩膀，面颊对着面颊，谁也不会停下来跟一个陌生人说句什么。

余良看到这些，心里多少有些得意，多少次的擦肩才能换来一个拥抱啊！

他还记得小艾冰凉柔弱的身体撞过来时他的心膨胀的感觉，那感觉绝对不是用“一时冲动”就可以解释得了的。

那应该是心动。

对，是心动。

出租车把余良送到他熟悉的小胡同口的时候已经是 17：00 了。余良从车上走下来，狠狠呼了两口气，酒味已经淡了很多。

他摸了摸包，里面是小艾的头巾和清单。他此次师出有名，他是来帮团长送东西的。

余良拿出手机，刚想给小艾打电话，就看见一个熟悉的背影从他身旁经过，手里拽着一个四五岁模样的小女孩。

小女孩把玩着一只布袋熊，布袋熊掉到了地上。余良快走两步，帮小女孩把玩具捡了起来。

小艾脸上戴着一副很大的印有卡通图案的口罩，拎着菜和一包药。见到余良，她惊讶了两秒钟，随后问："你来干吗？"

余良想了一下，想把东西从包里掏出来。手放到拉链上，他犹豫得像个娘儿们，说："有东西给你。"

小艾的家很乱。储物盒被丢得满客厅都是。小女孩进了家门，迅速从其中的一个箱子里找出一只洋娃娃。

余良立在客厅里，默默注视着小女孩和房屋的杂乱。他想从"这小女孩是谁"与"你要搬家"中权衡一下，抛出一个他更关切的问题。

小艾从沙发上扒拉出能坐两个人的地方，一屁股倒下去。

她说："刚搬过来。这是我女儿米开。米开，叫叔叔。"

小艾扬起脖子，冲着已经跑到卧室的小女孩喊。

米开没有回应。

余良一下泄气了。

小艾找了几个箱子，才找出半瓶矿泉水吃药。

小艾解释说："才搬来两天，东西还没来得及整理。"

小艾又念念叨叨说了一些搬家的琐碎事，吃了药、喝了水，过半天才问："你刚刚说要给我什么？"

余良忽然想了起来，他从口袋里摸出那个需要小艾准备的清单，交给她。

余良很想找一套冠冕堂皇的说辞，比如约了朋友，比如要回单位加班。一个单身母亲对于余良，如果是礼物的话，送一赠一，有点厚重。

尽管如此，当小艾说"留下来吃饭吧"的时候，余良还是收起了他打了几遍的腹稿。

余良记得，那一天，小艾穿了一件乳白色衬衫和青灰色牛仔裤，一双豆豆鞋露出了她半个脚面。

她的脸很瘦，胳臂也很瘦，拎着两个人吃的菜，手臂上的筋已经暴出来了。手背上由于打了几天的吊瓶，变得一片淤青。

小艾做了西芹炒肉和西红柿鸡蛋汤。她给余良盛了满满一碗饭，她抬头看他的时候有些脸红。或许她还没忘那一晚的拥抱。

于是余良放下筷子，打算致歉。

他说：“对不起，那天晚上……”

小艾迅速用余光扫了一眼米开。她吃完了饭，趴在沙发上玩她的布袋熊。

小艾望着余良，那双眼睛清澈、明亮、柔情似水，余良心里打了一个激灵。他听见小艾说：“没关系，很久没那样温暖的拥抱了。”

很久以后，余良和小艾聊起这件事的时候，他们自己也弄不清楚两个人为什么就稀里糊涂地开始了。

一个女的爱上了一个冲上来索取拥抱的流氓，一个男的爱上了一个带着个孩子过生活的单身妈妈。

一切的解释只能归结于：一个刚刚结束了一场失败的婚姻，一个刚刚结束了一段失败的恋爱。

所谓抱团取暖，大抵如此。

几天以后，余良和小艾同时出现在团长面前，他们把红酒、水和药品打包好，一股脑儿交给团长，告诉他：“我们不去青海了。”

团长还不算傻，没问余良和小艾为什么不去。他犹豫着把红酒及其他揽过来，又推回去，说：“失恋的人应该去的地方，恋爱中的人不应该去。”

跟小艾的恋爱谈得新鲜，直接跳过热恋期。

上一段异地恋时间长了，余良养成了习惯，不需要每天每星期都与恋人见面。

小艾有过一段失败的婚姻，对爱情的观念也令余良感觉轻松。她不会因为一件很小的事大哭小叫，不会因为别的女人情人节有了几枝玫瑰而她没有，跟男人闹得不可开交。

说他们是恋人，更像是一对久别相遇的老朋友。

在一起的时候相谈甚欢，分开的时候各自为安。

余良帮着小艾拾掇好新家。

小艾把家里整个换了样。窗帘是老布的，摸上去有些粗糙，墙面重新漆了粉红色。一米左右的地方被米开用水彩笔画满了奇奇怪怪的图案。

米开不喜欢余良。

每次余良去的时候，米开就跑到离余良最近的墙开始画圈圈。

余良不生气：“哎，诅咒人才画圈圈。你是不是诅咒我更帅一点？”

余良喜欢米开。

一个男人如果真的喜欢一个女人，就应该喜欢她的一切——她的过去、现在和将来。最能代表小艾的“过去、现在和将来”的，就是米开了。

米开被幼儿园的小胖子欺负，余良一把抓住米开，让她骑在自己脖子上。

米开居高临下，余良偷瞥了几眼，四下无人，冲着小胖子屁股轻轻踹了一脚。

小胖子哭了。

米开笑了。

如何使两个女人迅速成为朋友?

一起跟别人打一架。

这道理用在男人和小朋友身上，也适用。

米开再画圈圈时，余良蹲墙根问：“这画的是谁呀？”

米开说：“反正不是你。”

余良兴致勃勃地加入，拿着一支绿色的笔跟在米开后面画。

她画一只蝴蝶，他画一株草。

画着画着，整面墙都被涂得不成样子了。

余良和小艾的约会基本配置是三个人，两大一小。米开一手牵着小艾，一手牵着余良。看电影要看动画的，吃饭要吃麦当劳。

余良说："麦当劳吃多了不健康。"

刚说出口，余良就后悔了。一个月约会一次，一个月就吃一次。

偶尔也有两个人约会的时候。小艾把米开送到一个神秘的去处，她不告诉余良那是哪里。米开回来的时候换了新衣服，抱着洋娃娃。

余良觉得米开这时候智商特别高超，比大人还高。她从来不说自己去了哪里，见了谁，为什么一回家就把洋娃娃扔了，去抱那只毛都快被摸光的布袋熊。

余良未必不知道小艾和米开不愿说出口的句子是由哪几个字组成的。

有一次余良好奇心泛滥了。刚把米开接回来，小艾在厨房里做饭，余良问米开："爸爸家好玩吗？"

米开终于回归小朋友的智商："我妈妈不让我管爸爸叫爸爸，要叫叔叔。"

余良问："为什么呢？"

米开说："因为管爸爸叫爸爸，阿姨不高兴。"

余良去过小艾工作的地方——一个酒窖。

小艾的工装十分讲究，各种缎面旗袍，开的叉不大，缎子包在屁股上，小艾走起路来轻盈温柔，胸前别个小牌子，没有职务，光有个名字。

“小爱。”

后来余良也没问过，小艾的艾到底是“艾”还是“爱”。这都不重要，人名嘛，跟机器的编码是一样的。

酒窖平时没什么客人过来，偶尔有一两个着装更为讲究的男人来。他们的皮鞋一尘不染，路过有泥泞的地面时，司机过来给垫一沓报纸。

余良对这种人有着说不出的感觉，不喜欢，也不讨厌。

世界向来是不公平的，不知道司机给老板垫报纸的时候是什么样的心情。但是换一种身份，如果司机换成了老板，有人给他在不光洁的路面上铺一张地毯，何乐而不为呢?

这几个人里，有一位常客，穿各式青灰藏蓝色西装，搭配不同的领带。余良看不出那人的鞋子换了样式，应该不会一直穿同一双。

余良在车里面躺着看，这个人来了会多待一段时间，一个小时或两个小时。小艾有的时候会送他出来，面无表情。

余良喜欢这种表情。

每当他看到小艾对她的客人冷漠凉薄，再见到小艾看自己的时候两眼温柔如月光，他都有男人唯我独尊的满足感。

后来小艾说她不想在酒窖干了，有人现在在家里开淘宝、做微商，做好了能挣很多钱。再说她只需要养活自己和米开就好了。

小艾说这话的时候，余良正戴一顶报纸折成的帽子，蹲墙根粉刷米开画的画。刷了一层，米开的字和画浅浅地露出来，余良又一丝不苟地重刷一遍。

还是露出来了。

余良说："你不需要养活自己。我养你啊。"

早几年的时候，小艾看过一部电影。电影里演尹天仇和舞厅小姐柳飘飘一夜恩爱以后，尹掏出了所有的钱和手表。柳拿走了钱，说一句"谢谢老板"。

比蝼蚁命贱的尹追出来，问："去哪里啊？"

柳："回家。"

尹："然后呢？"

柳："上班。"

尹："不上班行不行？"

柳："不上班你养我啊？"

尹："我养你啊。"

余良也说“我养你啊”。

柳飘飘坐在出租车里，哭得一塌糊涂。如果穷困潦倒是命贱，那么出卖过肉体与灵魂，算是什么?

小艾没辞职。上班的时候她还是穿旗袍，叫小爱，挣了钱拿回家给米开交学费、交房租、买米买饭、给车买保险。

组织去青海的团长给他们发了照片。

大家裹着厚厚的毯子坐在昆仑山上。有人好像已经有高原反应，脸肿脖子粗。几个人形态各异，挤在一张毯子里，脸快贴上了。

几个人举着小艾送他们的红酒，醉意微熏，眼神蒙眬又清澈得一眼望到底。

余良把照片拿给小艾看。小艾在酒窖陪客人喝了红酒，见了照片哼唧一声，倒沙发上睡了。

后来有人敲小艾家的门。

余良一开,是那个酒窖的常客。他手里拽着哭成小泪人儿的米开。

米开一把抱着余良的腿，叫余良爸爸。

那个常客和余良都蒙了。

余良将小艾和米开安顿好，母女俩睡在一张床上。米开拍着小艾的胸脯，一下一下，轻轻地拍，像大人哄孩子睡觉。

那个常客说，米开小的时候，小艾就这么拍她睡觉。

余良关好门，说：“米开小的时候？现在她才几岁？”

余良早就看出来了，从米开说不能管爸爸叫爸爸的时候。

那个常客点了一支烟，问余良抽不抽。余良没回应，接过一支，一口接一口吸起来。

今天那个常客穿了一身棕色的西装，打红领带，像是被女人精心打理过的。不过那个女人绝对不是小艾。

他看起来岁数不小了，抽了一支烟就跑到卫生间漱口。

余良从来也没想过会以这样的方式与他见面。他没想过要见这个男人，没打过腹稿，更不知道应该说什么。

那个常客先开口。

他说小艾是个苦命的女人。她跟他在一起的时候，他隐瞒了自己已婚这件事。后来有了米开，两个人分分合合。

那个常客说：“我离不开小爱，她也离不开我。但是我希望她能幸福，在我这里她得不到。”

余良想了半天，不知道是该把那个常客揍一顿赶出去，还是把自己打个包从小艾的家里扔出去。有的时候余良感觉小艾特别爱自己，拥抱的时候、接吻的时候，还有同眠的时候。更多的时间里，余良觉得自己自始致终也没走进小艾的生命里。他从头到尾，都是一个看客。

结果两个男人都没走，来了一个女人。

那个女人微胖，皮肤保养得很好，用浓妆遮住了年纪。她进了门就到处乱找，那个常客也不拦。那个女人像疯了一样跑到小艾房间里，掀了被子扯了头发，挠得小艾脸上和嘴角到处是血。

余良费挺大劲儿才把那个疯女人抱住，用一个被子裹着扔了出去，连同那个常客一起扔了出去。

米开吓得哇哇哭，小艾蓬头垢面，一脸衰败相地坐在床上，脸别过去吐一口酒气，再转过来亲米开的脸颊。

那一晚夜色很美，开着窗子，风吹到脸上凉飕飕的。

余良隔着茶几坐在一小板凳上，离小艾老远。

小艾把米开哄睡着后，窝在沙发上，一条腿搭在茶几上，白花花，又长又嫩，余良想上去摸一把。

小艾说："原来恨一个人是这种感觉。"

余良说："嗯。"

其实余良根本不知道小艾恨的是谁。有时候他觉得这世界上值得恨的人太多了，只要考试不及格，就会用最毒的言语侮辱你的老师、办个暂住证让你跑七八趟的小办事员、明明马桶漏水了却永远不去修的楼上邻居。

小艾苦笑，她谁也不恨，恨自己。恨自己无论那个人对自己有多坏，自己依然对他讨厌不起来。

后来小艾辞职，余良帮小艾搬了家。距离上一次搬家，也就是几个月的时间。

小货车的副驾驶还有一个座位，谁也不去坐。余良、小艾和米开，三个人对坐在货车的后车厢里。

风从四面八方刮过来，吹得小艾满脸都是头发，贴在嘴唇上，余良掏出手机拍了张照片。

米开抱着布袋熊，抬起头跟余良说："爸爸。"

小艾笑了一下，拢起米开的头发，在她的后脑勺松松散散地给她扎了个马尾。

余良想起来，就是因为这句"爸爸"，他在那个常客不请自来的晚上，定力十足地坐在椅子上，一夜都没离开。

余良和小艾在一起的三年，两个人想过成家。

余良说不清小艾哪里吸引着他，是冰凉小巧的嘴唇，还是只有见了余良才会放光的眼睛。周围的朋友不喜欢小艾，说得好听些，小艾是单亲妈妈，说得不好听些，她是有钱人家的小老婆。

"这样的女人有啥好？"

"男女比例再失调，这样的女人也不能要。"

“一次失足，误终身。”

余良灌了口酒，一拳捶在朋友的脸上，朋友吐了一口血，连带一颗牙。后来朋友做不成了，另外一些曾经存在在余良身边的人，有人默默无语，有人悄悄消失。

2010年春节，余良带着小艾回了一趟家。余良爸妈见到小艾时老泪纵横，老两口终于见到未来儿媳妇了。

一桌子的菜。

爸说：“多吃多吃。”

妈说：“早点结婚，早点生个大胖孙子。”

小艾夹一粒花生米放进嘴里，说：“我有一个女儿，五岁了。”

桌上人都愣了。

小艾接着说：“我有一个女儿就够了，不会再生了。”

余良和小艾被父母从家里赶出来，年没过成，饺子没吃上。万家灯火把黑夜照得红通通的，偶尔有几处烟火兴奋地蹿到天上，“砰”一声，绽放成一朵花。

过了几秒钟，没人再放烟火，天空安静下来。

月光消失了，花朵消失了，一切变得暗起来。

2010年4月1日，小艾把余良约到第一次见面的咖啡馆，提了分手。余良没说行，也没说不行。

从过年回来，父母的电话一个接一个，他爸说他要是跟这样的女人结婚就跟他断绝父子关系，他妈说要是娶这个女人回家就死给他看。

余良真想告诉他妈，小艾从来没干过这种一哭二闹三上吊的事。

所以他爱小艾爱得直心疼。

小艾走了以后，另外一对情侣也在这里闹分手。

女孩说分手。男孩很爷们儿，他说："我不要分手。"

余良竖起领子走出咖啡馆。

小艾说她要去青海，每次失恋都吵着要去，一次也没去成。

那里是千山之巅、万水之源，那里空气纯净得没有一丝杂质，人们善良可爱得像孩子。

任何怀揣虔诚去朝拜的人，都会在一望无垠的草地上与好像伸手可触及的白色云朵下面永远忘记忧伤。

余良也要去那里。

那里是失恋的人应该去的地方。

然后在那里，他要好好地谈一场恋爱。

第 4 章

PART FOUR

我曾悄无声息爱过你

- Part 4 -

10 大叔好棒

我们都叫他大叔。

大叔平头，有时胡子拉碴，没怎么见他锻炼，肩膀和胸部却格外强壮，体态像倒三角。夏天的时候大叔穿着背心，露出两条结实的胳臂，用手指头按都按不动。我们几乎要怀疑他是健身教练了。

这是个新小区，楼上楼下的住户陆续搬进来，大叔是最早搬来的一批。

我 2011 年 5 月搬家至此，彼时大叔已经住到我家楼下了。

大叔是南方人,在济南生活了很多年,有的时候普通话讲得标准，大部分时间南方口音重得很。他向我们介绍自己说：“我姓 fú。”

我们也不知道他到底是姓古月胡的胡，还是姓福尔康的福。

没人问，只叫他大叔。

开始的日子搬来的住户还很少。

大叔住一楼，从我搬进来就很少见他关门。大叔很热心，每搬来一位，他都要从屋子里跳出来，跟人家寒暄一番。

偶尔有被他吓一跳大叫着跑掉的，大多数人许是能从大叔威猛的形象里领略到不易察觉的温柔，也跟大叔客客气气聊几句。

时间久了，就有调皮的小孩子爬到大叔脖子上，大叔牵着孩子胳膊带着他飞，小孩既兴奋又惶恐，在大叔脖子上尿一泡尿。

我们经常会听见大叔午睡时放屁、咬牙、打呼噜，醒来以后往脚上套一只拖鞋跑到楼道里，打着哈欠问："谁家有饭吃啊？"

没人作声。

受大叔的影响，先搬来的这些零零散散的住户，几乎都养成了不关门的习惯。一个原因是刚买了家具通风除味，另一个是大叔喊一嗓子："来吃饭啊！"大家就都冲下来了。

在我楼上住的是一位面相好看的男孩子，叫阳阳，二十七八岁的样子，个头不高。阳阳特别讲究，留着遮眼的长发，平时打了发胶梳到脑后。他每天都要做面膜，身上有一点汗味就要换衣服喷香水，手提包里常年备着吸油纸、小镜子、防晒喷雾等。

阳阳隔壁的业主是一位常年见不到人的神秘女人，她先后把房子租给了传销公司、卖化妆品的公司、一对关系由好变坏的情侣，后来就空下来了。

后来大叔隔壁搬来了一个三十岁还在城市中苦苦挣扎、没把自已嫁出去的女人，叫如期。

如期行李少，一张铁制的折叠床和几个塑料箱子的衣服。

大叔腆着一身腱子肉，上前去问：“姑娘，有需要帮忙的吗？”

如期说：“需要。”

如期让大叔帮忙扯来几块窗帘。枣红色的老棉布，要多土有多土。如期交代了大叔要最便宜的，没交代要好看的窗帘中最便宜的。

大叔问：“还有需要吗？”

如期说：“没了。”

我们小区交房子的时候就是简装，墙给刷白了，水泥地，卫生间给铺了瓷砖，还外送一台热水器。这对于如期已经算是高配了。

大叔教如期如何请人刮大白、测漏水、找平地面，如期不听，家具也不买，一个人一张床，先搬来住了。

还不是因为穷？

6月以后济南的气温瞬间升高，天也变长了不少。邻居们晚上下了班提着菜往家赶，大叔在他的窗子底下支一把摇椅，手里拿一个电动的小风扇拼命地吹着。

大叔对着迎来过往的人喊：“等下来打麻将啊。”

没人搭理他。

他于是扬起脖子喊：“二楼的，下来打麻将啊。三楼的，下来打麻将啊。”

我就是那个三楼的，推开窗子，扔下去一包酸奶。

我们打架的时候比打麻将的时候多。

一桌子天南地北坐四个地方的人。大叔南方人，我东北人，如期是成都来的姑娘，阳阳单从口音上听不出来是哪儿的人，偶尔再来一个济南本地居民。

光是争论打东北麻将、成都麻将还是济南麻将，我们就能唇枪舌战半天。

大叔脾气最好，把椅子背调个角度，胳臂抵在脑后，一头仰过去。

大叔说："我没事，我都会打。"

我们继续吵。

我们通常打四圈，赢得最多的请客吃饭。我们小区对过儿有个"大树烧烤"，烧烤摊的摊主大风和猛哥时间长了都认得我们。

大风有些跛脚，见了大叔，眼睛眯成一条缝："大叔又来了啊。"

如期嘴皮子极薄，嗑着毛豆皮，吐出来的时候能够精准地飞到垃圾篓里。见大风唤大叔，如期每次都要说："大风看起来比大叔还要老！"

猛哥给我们擦干净一张桌子，把地上的龙虾壳、花生壳、毛豆壳一股脑儿扫到簸箕里。

猛哥擅长烤口水羊肉，就是一边烤一边讲话，吐沫星子一滴没浪费，全混合着辣椒面撒到肉上了。

阳阳从不吃这样的羊肉，偶然嘴馋了就抓起一把生羊肉跑去自己烤。我和如期索性把眼睛蒙起来，假装看不见。

我们中间只有大叔不嫌弃，龇牙咧嘴，撸得铁签子上直冒火星。

我们打得小，四圈下来顶多赢一百多，吃顿烧烤省着点吃得花上两百。

所以我们都不愿意赢大，也不愿意输。赢个三五十，没损失还能混一顿吃的，最好。

大叔每次火候掌握得都特好，赢了五十块钱基本上就原地踏步了。牌桌上眼珠子滴溜转，大拇指一摸，就知道是哪家的炮。大叔把点炮牌收回来，另拣一张打，不再输也不再赢。

每次都是穷鬼如期输得最多或是赢得最多。

她把牌一推，小嘴噘起来，十分不满意。

如期说："大叔，你好棒撒。以后教教我们怎么打的。"

大叔一边往裤兜里塞钱一边坏笑。

大叔的身份始终是个谜。

他看起来四十岁了，还单身，生活过得像退休老干部，喝茶、养花、打麻将。每天我们匆忙上班的时候，大叔在躺椅上跟我们挥手告别。我们下班回来，大叔已经摆好麻将桌，一缺三，等着人凑数了。

没人见他上班，却不愁吃穿。

没人见他有亲朋往来，却待我们十分亲近。

有人猜测大叔会不会和《这个杀手不太冷》里的杀手里昂一样干一种活儿，形象气质都吻合。

小区里刚有人搬来，大叔往脖子上搭一条白毛巾就去帮忙。沙发、电视和书架子，大叔和搬家公司的人一起抬，手往窝里一抠，重物被抬起来，大叔额头上暴出排列规律的青筋。

但凡有人假装客套一下说“不用”，大叔一个马步扎下去，肩膀担到重物上，手一拨，那人就一个趔趄滚到楼外去了。

大叔拒绝任何的报纸、电视、收音机。如期家订了报纸，信报箱安在了一进楼阁的门口，一周能被大叔拆三四次。

由此我们愈加觉得大叔身世诡秘，粗壮的胳臂、额头的青筋都不是白长的。

大叔喜欢做饭，并且他有个好习惯，做了饭不愿意一个人吃。

没有麻将局的时候，大叔推开窗子喊我们:“二楼的，下来吃饭！三楼的，下来吃饭！”

有饭吃的时候我们也没闲暇考虑杀手是冷还是热，穿着拖鞋就往下冲。

大叔的蛋炒饭做得好吃，体重不到90斤的如期一次吃两大碗。

如果不是锅见底了，她还能吃。

大叔在家里准备了一大罐四川辣椒酱，如期吃一碗蛋炒饭要吃掉半罐辣椒酱。我们都说大叔偏心，对如期格外好。

大叔假装辣椒酱是给自己买的，夹一筷子塞嘴里，辣得脸红脖子粗，头发都竖起来了。如期一脸刻薄相，嘲笑大叔“装 × 要有分寸”，自己却放下碗筷四处给大叔去找水。

吃饭的时候我们像人民公社，有饭一起吃；吃完饭，公社立马解散。

这一点具体表现在：我们从不帮大叔收拾厨房，吃完拍拍屁股就走，阳阳压根儿连屁股都不拍。

大叔也不怪我们，一个人闷着头把碗刷了。大叔往厨房一站就满了，再容不下别人，他刷碗的时候力气也大，声音是“库查库查”的，我跑到三楼了还能听到。

转眼到了秋天，穷得连地板都铺不起的如期，收养了两只被遗弃的猫。一只是英国短毛蓝猫，叫狗儿；一只就是我们平时最常见的猫，如期也不知道是什么品种，叫猪猪。

狗儿与如期一样，喜欢吃大叔做的炒饭。吃的时候它一定先挑里面的火腿，挑完了火腿，闲着也是闲着，顺道把大米粒、黄瓜粒、鸡蛋末吃光。

猪猪十分高冷，嗅觉敏感、发达，除了超市货架子上最贵的那种猫粮，其余食物都不吃。据说猪猪原来的主人是个包租婆，每天除了给猪猪铲屎，其余什么工作都不做。到了月底她开着一辆小迷你宝马绕着济南转，收几十套房子的房租，后来资产清查的时候逃到国外去了。猪猪吃惯了昂贵的猫粮，以为自己也是一只品种昂贵的猫，吃不到猫粮就把自己饿成了皮包骨头，快要饿死的时候辗转几个人来到如期家里。

人类总是对比自己弱小的动物有天生的同情与好感。

我们都能察觉出来，如期对猪猪比对狗儿好。

大叔对如期比对我们好。

两只猫翘着尾巴在大叔家里走，像巡逻，谁也不放眼里。它们蹦上床，钻大叔的被子里睡觉，跳上厨房的台子，明目张胆地啃着西瓜。

阳阳啪地往桌上甩一张八万，说话极娘娘腔：“连畜牲都知道大叔喜欢它们家主人。”

冷冬数九的日子里,如期的家里终于铺上了地板。复合型木地板，80 块钱一平方米，原木色的花纹，在一堆特价地板里面选了又选挑出来的。

如期为了庆祝，在大叔家请我们吃了顿火锅——大叔的锅，大叔的酒，大叔的羊肉。如期系上大叔的围裙，摆好架势亲自下厨，洗了蔬菜，切了葱花扔进锅里。

大叔带头给如期鼓掌。

大叔让我们尽情吃，开了冰箱的门，露出一冰箱的肉给我们看。

煮沸的汤汁在锅里翻着花，大叔家开了很足的暖气，吹得我们每个人脸红脖子粗。

如期把脸凑到锅上面，一个热浪又把她打回来。

如期说："真暖和。"

然后如期哭了。阳阳坐在如期旁边，用胳膊抵住如期的肩膀，脸别过去，胸口一起一伏，也像是哭了。

如期在一个物业公司工作。她所在的项目组被发现有人连续几年联合外人多收水费，被查出来后当事人被送进了警察局，如期的项目上所有人受牵连，被停了年终奖。

如期是个不算好的姑娘，从四川的小乡村里考大学出来，工作近十年才混上一套九十平方米的房子。如果不是低于九十平方米没法落户口，也许如期早住进三十平方米的公寓里了。

以如期的话说，房子还不完全属于她，银行才是大股东。

如期从小到大都是一种活法：慌慌张张，匆匆忙忙。

每一步都在算计。逛完超市要计算银行卡的余额；吃了晚饭要称一称自己的体重；每参加完一次婚礼，要计划着什么时候把这份礼金收回来；每还一个月的贷款，要计算着还有多少年房子才完完整整属于自己。

邻居有的时候会讲如期闲话。

如期打麻将输了经常会赖账。

如期净喜欢蹭大叔家的免费晚饭。

如期穷得连像样的床都买不起一张，还要供奉两只像姑奶奶一样的猫。

如期三十岁了，长得不丑却还没谈到男朋友，如期一定有这些那些问题。

说这话的人多半是上了岁数的大妈。我教大家，在我们东北，管这种讨人嫌的大妈统称“老娘儿们”。

阳阳比着兰花指，捂着耳朵说：“东北话太粗俗了，不能讲不能讲。”

大叔举着喷壶假装浇花，听见有老娘儿们嚼舌根了就往人家脑门子上滋水。

我们有的时候撮合大叔和如期，像是开玩笑，多半是认真的。

阳阳嘴损，净挑人多的时候说：“男未婚女未嫁，除了处女膜，有什么不好捅破的？”

遂招来一顿暴打。

如期打他：“小孩子家家不学好撒。”

大叔打他：“再娘炮我把你舌头撸直喽！”

我打他："东北话怎么就粗俗了？"

阳阳捂住了头和眼，看不清是谁打了几拳踢了几脚。我们打完了踹完了，还没等阳阳反应过来，我和如期已经摔了大叔的门跑回家了。

阳阳爬起来整理好发型，头可断，发型不能乱。

房间里只剩下大叔甩着结实的膀子在厨房里洗碗，"库查库查"，铿锵有力。

阳阳想报仇，需要这辈子积积德，下辈子投胎到一户练散打的人家。

阳阳是个有怪癖的人，再亲近的人也不能走进他家。阳阳家门上连个猫眼都没有，找他借壶油借包纸巾，没机会往里面张望。阳阳把门开一条缝，伸出来一个人头和一条手臂，把东西递给你之后马上摔上门。

摔得严严实实的。

让你险些忘了刚刚我们还一起挽着胳臂吃羊肉串，刚刚还在麻将桌上合起伙来让大叔吃不到牌，刚刚还因为聊到同样的兴趣差点拥抱起来。

后来有一次阳阳在大叔家吃饭的时候跟电话里的人飙起了英语，地道的英国腔，一讲讲半个钟头，语速平稳且有力度，我说中文都说不出这么顺畅的话来。

我们舔着辣椒酱和酸奶盖，肚子里除了满肠肥油，所剩无几，一下子生出自卑自怜的念头，想腾出手来抱抱自己。

我们后来才知道,看起来十分娘娘腔的阳阳其实是学霸,安徽人，国内一流大学的法学硕士，现在在知名的外语培训机构教英语。

这令如期在自卑之余十分振奋，连学霸都住在我们这小区里面了，说明她的生活也并没有想象中那么糟糕吧?

一个难得的机会我进过阳阳家一次。

一个清冷的午后，大叔从里面给我开的门。我一进去都傻了，沙发是真皮的，故意做旧的样式，走近它，一股好闻的皮子味，摸上去软软的。沙发上面是一串长长窄窄被连在一起的画，都是意大利复兴时期作品的仿制品。

阳阳自己画的，每一幅右下角盖着一个印章：“阳。”

客厅里没有电视，本应挂电视的墙是一块乳白色的绒布，对面的投影刚好精准地把屏幕投上来。投影仪的噪声几乎为零。

餐厅和客厅之间有一个黑灰相间的落地隔断，被设计成了吧台的样式，上面吊挂着擦得一尘不染的红酒杯。

这些我都没对家里只有复合地板和一张折叠床的如期说。打开门，我们都住同一小区，一样的空气，一样的花草树木，保安的微笑都是同一个弧度。

关起门来，我们却活在截然不同的世界里。

2012 年刚开春，我换了一份工作。公司在北京，我属于长期驻外，在家里办公，经常需要出去跑跑，跟各种媒体与政府部门打交道，一个月跑瘦了八斤。

春天什么都好，天气越来越暖和，女人越穿越少。在街上晃晃悠悠的，偶尔可以见到几双白花花的大腿。

大叔蹲在小区门口抽烟，眯起一只眼睛，看看腿，再看看脸。有的时候看完腿以后，眼睛懒得往上挪。

我从大叔嘴里夺下一支烟，塞进嘴里，大叔再夺回去，塞给我一包酸奶："相信叔，总有一天你会知道，一个人不用那么拼，活得舒服才最重要。"

但如期和阳阳不这么认为。

如期很羡慕我能找到一份比原来薪水高的工作，每次见到我，如期都说："妹子，你好棒撒。什么时候也给我介绍一份薪水高的工作？"

阳阳的见地我最欣赏："女人再苦再累，也不能让自己看起来像堆垃圾，要活得精致。一看就知道你昨晚没敷面膜，眼纹多了一条！"

有的时候我会思考，我们这几个究竟是相同的人呢，还是不同的人呢？

在麻将桌上，我们摸着不同的牌面，有人低着头眯着眼看，有人大拇指一摸心里就有底了，一张牌被掷出的时候，大家神色各异。在大风和猛哥的烧烤摊子上，我们搞不清楚自己撸着羊肉串还是什么串。有人说这肉嫩着呢，有人说烤煳了，有人说这肉一股骚气味。在大叔家里，我们吃着火锅哼着歌，如期因为被扣了年终奖，嘤嘤啜泣；大叔打了一个酒嗝，说钱是身外物；阳阳别过脸，胸口也有些许起伏。

谁能说我们是相同的人？

谁又能说我们是不同的人？

这个世界太大了，我们都在与我们相同的人身上找寻温暖。世界又太小了，我们想藏住自己与众不同的秘密，要把自己封闭起来，让自己变成一个其他人眼里十分怪异的那一个。

我们看着他们偷瞄着我们，嘴巴张开又闭上，手指假装不经意地指过来。

在这种时候，我们要么走到人群里变成与他们同样的嘴脸，要么背向人群用力跑，一直跑到他们再也看不见。

阳阳春节请了长假，我们有一个月还是两个月没有见到他。

大叔推开窗子，风一刮，灌了一肚子冷风。

他喊：“楼上的，下来吃饭啊！”

楼上的都关严了门窗，屋子里暖气片里的水流以为自己是江湖里的水，自由得很，哗啦啦，不知疲惫地奔跑。

楼上的压根儿听不见大叔的声音。

大叔悻悻然，关上窗子，带进一屋子冷气。

阳阳再回来的时候剪了一头短发，身上没香水的味道令我们很不习惯，脸色也像是几天没睡觉，暗沉发黑，满身的疲惫。

阳阳那年二十九周岁，也到了谈婚论嫁的年纪。过年的时候他带着我们未曾谋面的另一半回安徽老家给父母看。走时他带了一只很大的箱子回老家，围了条大围脖，背影十分壮烈，煞有些不成功便成仁的架势。

我们不知道这中间是否有各种曲折离奇与爱恨痴缠，阳阳从不与我们讲他的爱情故事。我们只知道阳阳有交往的对象，经常接了电话躲到一旁捂着手机傻笑。

阳阳回来的时候不见了箱子和围脖，眼睛和脸像是用消毒水泡了几天一样浮肿。回来以后，他就把自己关在家里，任凭我们打电话不接，发信息也不回。

那段时间我和阳阳的交流就是每天听着他洗澡。早上洗一回，晚上洗一回。水流声哗啦啦，许是能带走阳阳身上的一些东西。

凌晨两点钟的时候，阳阳家的低音炮还在震，金属音乐的质感在寂寞的深夜里格外勾人心魄。有时候我爬起来，披着被子站在床上，把腰挺直了和他一起听，听着音乐带给他的一些东西。

只是阳阳啊，就这么洗澡听音乐，听音乐洗澡，净挑夜深人静的时候放低音炮，任谁也受不了。关键是大叔受不了他这些天不吃饭，连个外卖也不叫。

大叔终于忍不住了，穿着秋裤和背心顺着我们单元墙外面的空调外机爬上去，摸进了阳阳家。

他摸进去了，从里面给我开了门。

后来我和大叔是被阳阳赶出去的。

阳阳见了我们，出奇地愤怒，用英语夹着普通话还有我们不熟悉的安徽方言骂我们。我端着一碗大叔刚煮的面条，上面还放了一个煎蛋。

我的血压也在升高，两耳嗡嗡直响，想把面条和碗一起摔到地上。我看了看脚底看起来很贵的红木地板，说：“大叔，咱走吧。”

大叔下楼就扇了自己一巴掌。

我和大叔都看见了，在阳阳家吧台的墙面上挂着几张照片，是他与另外一个男人亲密的合影，一张脸贴着脸，一张嘴贴着嘴。

当然后来谁也没再提起这些。

果然世间人与人的欢乐与苦难不是相通的。你以为你是在帮别人，对别人来说未必是。别人以为你侵犯了他，你却以为只要有爱，一切都可以被原谅。

才过了一年的时间，大叔的麻将局就组不起来了。

其实是大叔没心情组局了。

那段时间我常常看见大叔躺在摇椅上，眯着眼睛假寐一会儿，再从椅子上站起来，神色慌张地绕着客厅乱转一会儿。

夏天的时候大叔仍然保持着不关门的习惯，也有几户学着大叔不关门。阳阳的房门紧闭，后来还多了一户——如期。

如期在那个夏天终于买齐了家具家电。齐全了以后，如期再也不敢开着门了，不怕贼偷就怕贼惦记她那些过了几季的电视、冰箱、洗衣机。

家具家电都是大叔帮着买的。

大叔知道如期的原则——要买好看中最便宜的，陪着如期满济南跑。

大叔跑得肌肉放着光，如期被大叔开车载着，下了车有大叔给打伞，心情好，吃得多，半个月就变得又白又胖。

如期不知道大叔、我和阳阳中间的事，屁颠屁颠地跑去敲阳阳的门，告诉阳阳她要请客吃饭，借大叔家的地方。

我和大叔自知理亏，假装淡定，我闷着头抠手指甲，大叔抠脚指甲。其实我们内心忐忑得要命，怕阳阳来见面尴尬，更怕他不来。

结果如期真把阳阳请来了。

大叔见到阳阳时激动得连话都不会说了，先吹了一瓶啤酒。如期把大叔冻了半年的羊肉都拿出来，一个劲儿劝大叔少喝点。

羊肉有些老，咬的时候累腮帮子。

阳阳的平头我们越看越不习惯，胡子拉碴的让人难受。

阳阳摸着下巴说："从今往后，我也是大叔了。"

翻滚的汤汁依旧冒着泡，一会儿带上来些菜，一会儿带上来些肉。

那天如期很开心，眼神迷离，喝得脸红扑扑，鼻尖沁着汗。

她举着酒瓶子，撩起裙子露出黑色的安全裤，一只涂了红指甲的脚丫子踩在大叔腿上。如期跟我们说："你们知道大叔为什么不工作又有钱吗？大叔是包租公，我听见他往外租房子了，好几套。"

所有人欢呼起来。

至此，大叔的身份终于显得没有那么神秘了。

大叔还有些难为情，一直说如期夸张。

那一晚我们吃空了大叔的冰箱，肉、蛋、菜和四川辣椒酱，通通被我们一扫而光，像秋后的小日本大扫荡，所到之处，村子里连鸡毛都不剩了。

阳阳也喝了很多，说起话来有些温柔。

从发现阳阳的秘密以后，我们都不说“娘炮”这两个字了。大叔听见别人在背地里说阳阳“娘炮”，跟他们嚼如期的舌根子同等待遇，小喷壶伺候，甭管夏天还是冬天。

地上，酒瓶子倒了一地。

阳阳歪着身子站起来，跟我们说：“过段时间我就回老家了，结婚。”

阳阳把手机打开给我们看照片。那是一个小巧可爱的女孩子，大眼睛小嘴，长头发披在肩上，显得格外有灵气。

如期的椅子上长了弹簧，一下子把她从座位上弹起来。

大叔吃得脑门上全是汗，站起来从卫生间抽条毛巾，顺着脑袋转了两圈。

大叔说：“阳阳，你不能这么干啊。”

如期听不懂，拍着的手停在空中，脸色僵住。

我拉如期坐下。

阳阳一仰脖，把面前的一杯啤酒干了。

他说：“我过年回家，我妈知道了以后割了腕，被我们救回来以后又喝药。”

阳阳笑了笑：“最后没死成。”

后来阳阳真的回去结婚了，跟学校只请了三天假，连蜜月也没有。

结了婚，他就把新娘子带回来一同过日子了。姑娘比我们在照片上见到的还要漂亮，皮肤白白嫩嫩的，一说话，眼睫毛直呼扇。我们不知道姑娘的名字，阳阳没介绍。他拉着姑娘的手，两个人都在笑，可惜我们总觉得少了点什么。

人家说幸福的感觉是装不出来的，看来是真的。

我很长时间也忘不掉阳阳那天晚上在饭桌上说“最后没死成”时的那个笑，带着轻蔑与疼痛、带着妥协与彷徨、带着无奈与绝望的一个笑。那是一个母亲用两次自残换回来儿子一生的不幸，而后被给予的一个笑。

后来阳阳一直住在我的楼上，和那个姑娘不痛不痒地过日子。再也听不到那么清晰的洗澡的声音，早上一遍，晚上一遍，凌晨两点的时候放低音炮，震得人心里面直发毛。

在大多数人眼里阳阳绝对算是个有为青年，高学历高薪，有漂亮的车子与漂亮的妻子。后来他们还生了孩子，一家三口羡煞旁人。

只有大叔，有事没事往楼上瞄几眼，往地上啐口唾沫，用我教他的东北话骂一句：“小兔羔子。”

2012 年的秋天，一切归于平静。

我们再也过不上公社般的生活。阳阳终于活成了一个不打发蜡不喷香水的正常男人的模样。大叔也把门关了。狗儿和猪猪终于有一天发现，它们离家了以后，再也无法随随便便进入那个偶尔胡子拉碴、满身肌肉的男人家里。

猪猪焦躁地在大叔和如期的房子中间的墙上蹭着后背，毛竖立着，龇着牙怪叫。人们说，土猫还是土猫，就是没有狗儿这只名贵猫矜持，猪猪它这是发情了呢。

几天以后，人们发现狗儿也叫得厉害，黑天白天地叫。

人们说，你们看，狗儿被猪猪撩拨得也发情了呢。

只是两只都是母猫，不能将就着配了。

人们一抬头，发现如期精心打扮了一番，穿着黑色的风衣，还涂了口红，头发自然地散着，被秋风一吹凌乱地飘着，还挺好看。

于是人们又说，不知道猫的主人什么时候发情。

我以为大叔和如期定会发生点什么，只是过了一秋又一秋，他们还是没发生点什么。

有一次如期问我：“你说男人喜欢什么样的女人？”

我思索了一番，回答她：“得看什么样的男人。”

如期又问：“大叔这样的呢？”

我们相视一笑，再也没人说话了。

老舍说济南的秋天：

“请你在秋天来。那城，那河，那古路，那山影，是终年给你预备着的。可是，加上济南的秋色，济南由古朴的画境转入静美的诗境中了。”

我说，老舍说得对。

如期在这么美的秋天去相亲了。她夹着皮包，戴着几年前就流行过了的眼镜框子从大叔的窗子底下经过。大叔穿着一套墨绿色的健身操衣服，在家里跳健美操，飞利浦手机里的音乐隔着窗子传出好几十米远。

我故意扯大了嗓门喊：“去相亲啊，如期？”

如期也冲着窗子里面喊：“对啊！”

但是我们忽略了一个问题，声音跟温度大概是一样的，向来是由高处传到低处，大叔屋子里又唱又跳的，外面的声音根本传不进去。

如期踩着高跟鞋，屁股一撅一撅地走了。真相亲去了。

秋天快过完的时候如期还是没相到合适的。

在如期一穷二白的时候，她只想找个有房有车的。现在如期自己有了房，虽然大半属于银行，但如期也提高了要求，想找个待自己好的。

但是好也要有标准。

标准是什么？

如期说，跟大叔差不多就行。

后来阳阳隔壁的女业主把房子卖了。说起这一段，口水也可以浪费几滴。

在我搬来没多久，她先是把房子租给了一伙干传销的人。

人家说干传销的人如果把心思放在其他的事情上，一干一个准儿。一周七天，有六天半这些人在屋子里激烈地讨论着他们的千秋伟业，把“冲出亚洲，走向世界”的口号喊得极其响亮，每喊一次跺脚一下。

就在整幢楼快被他们跺塌的时候，大叔光着膀子踹门进去，揪着带头儿的衣领子，把他给扔了出去。

大叔把一窝的人赶走了，自己还很意外。他说：“原来是搞传销的啊，我以为是踢足球的又没出线呢。”

后来搬来一个化妆品公司。我们眼见着半年的时间几个锥子脸姑娘把一个淘宝店做大了以后搬到了市中心的写字楼，后来又换了两次办公地点，一次比一次大。

如期羡慕得直流口水。

后来又来了一对关系不好的小情侣，每天都会吵架。白天吵，晚上也吵，凌晨十二点床咯吱作响，声音十分有节奏感。即便这么美好的时候，两个人还是在吵。

吵的内容我们听不清，大概是男的在说晚饭只有一道素菜，女的在说同事又买了一支口红吧，总之是些鸡毛蒜皮的小事。

我们一致投票，这对情侣比那个干传销的公司还要讨人嫌。我们选了大叔做代表去跟他们谈判，起码在做床上运动的时候不要吵。结果还没谈呢，两个人就分手了。

再不久以后两人就分别搬走了。

之后房子一直空着，直到女业主把房子卖了。

卖给了一对面相慈善的老夫妻。

他们搬来的时候正好是一个周末，大叔一副春夏秋冬恒温的热心肠，免不了去帮忙。我和如期也没事，所以和大叔一同去看看。

大叔和老夫妻见了面，都愣住了。三个人原来是认识的。

老妇人见了大叔就扑上来："久得啊，你怎么还没死啊？"

大叔叫久得。

这一对老夫妻是大叔原来的邻居。

你在文章快结束的时候才知道大叔叫久得，我也是在与大叔快要分别的时候才知道大叔叫久得啊。

看来世界还是小的，济南更是小的。

久得，哦，就是我们的大叔，遇到了他的一双老邻居以后，像老鼠一样缩着身子搬离了我们的小区。

究竟是在我们白天上班的时候光明正大地走出去的，还是在我们熟睡的夜里悄悄地溜出去的，是否有受过大叔恩惠、体格单薄的男业主与大叔寒暄两句，还是在寂静的夜里，只有月亮放着苍白的光，照着大叔的形单影只？

这一双老邻居知道大叔的过去，知道大叔五六年前还是几家健身会所的老板。有一天大叔见有人抢劫，心一热，上前见义勇为，结果失手打死了那个劫匪。这一双老邻居就是那个劫匪的父母。

最终大叔被以过失杀人罪判了三年。

那段时间，电视里报纸上到处都是大叔健硕发亮的两只胳臂和一张惊慌失措的脸。

大叔的离开在小区里引起了不小的动静。

有人说大叔过去其实是个偷儿，几套房子都是他偷来的。还有人说大叔其实是个诈骗犯，整天坐在家里打电话骗无知妇孺。知道些许内情的人跑来说：“你们看，大叔真是个杀手！”

如期从大叔家窗下的草丛里拾起喷壶，听到有人乱嚼舌根子的时候，就往人家脸上滋水，滋得人睁不开眼睛。见那人一如大叔像老鼠一样逃跑，如期一屁股坐在地上哭。

如期蒙着脸哭，歇斯底里地哭。

哭声幽怨悠长，凄凄楚楚，穿过大叔家那扇紧闭的房门，穿过一堵堵墙，绕过我们熟悉的冰箱和那口大铁锅，徘徊着飘散在空气中，再也没人听见。

我从此再没见过大叔。

后来大叔家里搬来了一个戴眼镜、刚毕业的男孩子，过了半个月，又搬来两个。三人合租，在济南并不少见。

男孩子一个个白皮肤，脱了衣服，露出单薄的手臂。

我问他们：“租给你们房子的是什么人啊？”

戴眼镜的男孩说：“是一个……”

如期在旁边支棱着脖子竖耳朵听。

“胖胖的女人。”男孩说。

那年秋末，如期终于相到一个合适的。男人家是本地的，常年在外地搞工程，攒下一些钱，年纪大了才被公司调回来。他额头特别宽大，目光有些凶。

我与他对视不足三秒就败下阵来。

我对如期说：“你再挑挑，挑个更好的。”

如期点了一支烟，说：“好男人都在秋天走丢了。”

后来如期也效仿那一位跑到国外的包租婆，活生生抛弃了狗儿和猪猪。狗儿十分听话，卧在一只铺了柔软棉被的猫笼里，反倒是平日傲慢的猪猪，跳到书柜上，藏到床底下，不肯出来。

如期红着一双眼睛，揉着鼻头把两只猫拢到一起，交到一个看起来慈善的男人手里。

男人有落腮胡，身体健壮。

如期说：“大叔啊，你好好照顾它们。”

有人说，济南的冬天最好看。

文人老舍写完济南的秋天写济南的冬天，他写：

“一个老城，有山有水，全在天底下晒着阳光，暖和安适地睡着，只等春风来把它们唤醒。”

春天把城市唤醒的时候，如期结婚了，跟那个搞工程的。男方家要求声势浩荡，小区里所有的井盖都被贴上了红纸，鞭炮足足响了一万响，来接亲的队伍排到了小区门口也看不到尽头。

如期的妈妈始终在抹眼泪。

有人说一万响鞭炮是“爱你一万年”的意思。

只是我怎么听怎么是“我有的是钱”的意思。

如期那天十分好看，连平日里爱讲如期坏话的老娘儿们也嗑着瓜子眉开眼笑，反反复复说着“百年好合”“早生贵子”。

如期涂了红红的嘴唇，眼睫毛一直在呼扇。

临出门前，如期拉着我的手。如期手心里都是汗，透过白色蕾丝手套粘到了我手上。

如期问我：“我会幸福吗？”

我使劲儿点头，说：“会。”

如期笑了："本可以更幸福的。"

那一天如期很幸福。

她的高跟鞋套在脚上十分妥贴，不需要她走路，那个目光有些凶的男人这一天也温柔了许多。他抱起床上的如期，不允许她多走一步。

铺了很多被子的折叠床发出了咯吱咯吱的声音。

如期双手捧着花，紧紧搂住男人的脖子，一步一步挤出人群。

我听见人们都在说："如期好幸福。"

那是他们没有见过，那一年麻将桌上，大叔故意打给如期一张牌。如期和了一把大的，兴奋得跳起来，笑得牙床子裸露在外面，如期说："大叔，你好棒撒！"

11 曾经是火车司机的人

有人活八十岁活成一副皮囊，有人三十岁故事装满了酒壶。

西风清冽，酒胆不输。

窗外的雨有时紧，下了一会儿忽而就松懈了。雨点敲到地上，稀稀拉拉，像没脾气的邮递员轻敲你窗。

递来一只信封，里面是一段关于他的沧桑得不成样子的故事。

这一次我想讲狼哥。

狼哥是我朋友当中唯一正儿八经做过司机的人，并且还是火车司机。后来我陆陆续续有了一些当司机的朋友，全部都是通过注册一个软件就能载人挣外快开专车、快车、顺风车的，那些网上约车不见网红脸不抢单的，都不算数。

狼哥开火车，是件从他穿开裆裤的时候就可以预见的事。

他老爸给铁路局局长开车那会儿，戴着白手套穿着白衬衫，头发梳得平整，太阳照在发蜡上直反光。老爷子皮鞋底子把台阶踏得嗒嗒直响，狼哥寻着声音奔跑出去，老爷子摘下白手套把狼哥抱起来，让他骑到自己脖子上，在狭窄的楼道里一个声音喊着“爸爸”，一个喊着“儿贼——”。

“贼”的尾音拉得老长。

老爷子爱车，天底下什么都可以脏，唯有两样东西不能脏：一是人心，二是他的车。

老爷子将全部心血倾注到车和狼哥身上，狼哥是他心爱的“儿贼——”，开车的最高境界就是开火车，狼哥长大了不能干别的，只能开火车。

狼哥 2002 年从铁路司机学校毕业，顺利地当上了一名火车司机——旁边的那位副司机。

跟他搭档的司机老付，是一个脸圆、眼珠子圆、肚子也圆的老火车司机。

狼哥上班第一天就说：“老付啊，我觉得你应该叫老圆啊。”

老付狠狠给了狼哥一脚。

火车司机这个圈子里有个极为荒诞的传说，说是刚上火车的副司机一定要跟一位长得帅的司机。因为火车开起来“哐且哐且”，奔跑在铁轨上，大口地喘气，兴奋地号叫，轮子滚得直冒火星子。这时候它拥有一种神奇的力量，两个待在火车头里的人会越长越像。一个眼大，另一位眼睛也瞪得溜圆；一个脸长，另一张脸也拼命地往下蹿；他们长啊长，变啊变，最后几乎要长成一个人了。

所以很久以后，已经永远告别火车头的狼哥，脸渐渐长得圆满的狼哥，每照一次镜子都会骂上一句：“×，这个老圆！”

老圆备两只盒饭，一盒饭一盒肉，没青菜。饭吃到一半，两个盒子折到一个盒子里，勺子一搅，饭啊肉啊汤啊一起往嘴里搂，吧唧吧唧两三下，连饭盒上的油都给舔干净了。

十九岁的狼哥给老圆当副手，饭盒只有老圆的二分之一。老圆见不得狼哥又瘦又高，风一刮就会把骨头吹断的惨相。吃饭的时候，老圆盯着狼哥的嘴，小嘴巴张得不大，筷子一条青菜一根肉丝轮番往里送。

老圆撸起袖子，撬开狼哥的嘴，把半盒肉塞进去。

狼哥跟着老圆天南地北地跑。

我们拿张地图，要求狼哥画出他气吞山河的行车半径。狼哥甩起袖子，用铅笔歪歪扭扭画了半个巴掌大的圈。北到北京，南到蚌埠，最多不过八九个小时的车程。

老圆有一只破旧的随身听，装两节5号电池，插一盘磁带，声音嘶哑低沉，像鬼哭狼嚎，已经听不出是哪个歌手了。

狼哥把磁带拿出来用圆珠笔转，转到头，带子紧紧崩住，“咔嘣”一声断掉。老圆回手在狼哥后背拍一巴掌。腾出空儿的时候，老圆剪一截透明胶带，把带子粘好，再用筷子把带子转回原本的样子。

后来售卖磁带的音像店一间一间倒闭，MP3也几乎被智能手机上大大小小放着盗版音乐的APP给干掉，老圆依然像收藏初恋情人的肚兜一样把这盘破旧的磁带揣在口袋里。

大多人不了解老圆对它的感情，就像老圆永远不了解年轻人为啥要烫头发，为啥要抽薄荷味的香烟，为啥好好的北方姑娘说话一口港台腔。

狼哥也不理解老圆。

火车开起来起码80分贝的噪声，“轰隆隆”“哐且且”。狼哥与老圆并排坐在火车头里，通讯基本靠吼。

老圆开了几十年的火车，吼了几十年。老火车司机大多都有噪音后遗症，耳朵背，嗓门大，说起话来跟敲锣似的。

老圆是老司机中耳朵最聋、嗓门最高的那一个。

T180济南开往广州的列车，蚌埠是老圆和狼哥的终点站。老圆身宽体胖，健步如飞，狼哥扛着包跟在后头，看着老圆扭摆着宽阔的后背如同凌波微步般穿过人群。

老圆有目的。

俩人到行车公寓囫囵睡上一觉，有的时候两个小时，有的时候二四个小时，以老圆被闹钟吵醒的时间为准。

老圆醒了以后把狼哥踹醒，带着他去找老蚌埠大蚂虾。

到蚌埠吃大蚂虾是老圆的保留项目。老圆看着大蚂虾到济南以后变成了小龙虾，人们撸着袖子叉着腿，一口虾一口酒，吃得也倒像模像样。

但老圆不一样，老圆见过世面，是吃过蚌埠大蚂虾的人。这和天底下第一个吃蝎子的人是一个道理，再见到别人吃蝎子绝对故意不露出诧异的表情，大有“这事儿我见得多了”的气魄。

狼哥从包里掏出老圆的随身听往桌上一摆，音乐从破磁带里传出来，比锯木头的声音好听一点。

老圆喝了两杯可乐，大蚂虾壳子扔了一桌子。

老圆喝到一瓶的时候，脸红脖子粗，跟喝了酒似的，倒在通红通红的虾皮上就分不出谁是谁了。

他打着嗝，呼着气，扯着大嗓门，跟狼哥讲着自己的故事。

有酒有肉，也有青春。

老圆曾经不圆，瘦过。

说起来就辛酸。

青春的故事里，应该有一个女人。

20 世纪 80 年代，老圆的女人在他的生命里短暂地现了一次身，还没等老圆把戏词唱完，女人就先完美谢幕了。

女人出现和离开的原因都挺简单的，老圆是开火车的，跟公务员工作差不多，稳定；老圆是开火车的，即使结了婚，也常年不在家。

那时候随身听是个大件，老圆狠心买了一部，还没等送出去就变前任了。老圆在家里床上思忖，开火车的时候也思忖，思忖着如果把随身听送了女人，她会不会回心转意。

然后还没等老圆想明白呢，有人就跟老圆说："女人又找了。"

老圆说："女人又找了。"

易拉罐被老圆捏扁了扔到地上，一踩一踹，飞到隔壁桌子底下，砸到猫尾巴。它炸了毛，从桌子底下露出两只发光的眼睛瞪着老圆。

扯着嗓子聊过去以及过去的女人，是一件挺有意思的事。

火车飞奔在车轨上，老圆毫不费力地扯着大嗓门子，声音盖过了 80 分贝的火车轰隆声。

老圆把眼睛瞪得溜圆，盯着前方和信号，飞快地从一旁扯一只泡椒凤爪塞进嘴里，嚼两下，把骨头吐出来，不带一丝肉。

老圆跟狼哥讲：“我像你这么大的时候啊……”

那年老圆四十岁出头，没结过婚。生命中出现过两三个女人，她们来了又走，一个走了，另一个来。老圆反反复复地跟狼哥讲着女人们的故事。

他说第二个更漂亮，第三个更爱他。有的时候他喝了罐可乐就醉了，恍恍惚惚会把第二个和第三个弄混。

狼哥也抓一只凤爪塞进嘴里，连骨头渣子都吞到肚子里。他分不清老圆的女人是不是真正地存在过，还是老圆只是在蚌埠的大蚂虾摊子上喝多了，醉熏熏地在街上看到了两个风情万种的女人对着他挤了一下眼睛。

狼哥过去没有女人。

人家说没有女人的男人生活是空白的。狼哥一空白就是二十年。后来人家给狼哥介绍了一个女朋友，叫小洁，个子高挑，五官精致，在医院做护士。

当护士的多少都有点麻木，看人家随便走一段路磕马路牙子上磕得满嘴是血，感觉跟小孩子流鼻涕似的。

这话是小洁自己说的。她一天十几个小时戴着口罩光露出一双大眼睛，皱着眉头盯着病人，轻轻往胳臂上一按，看着针贴在肉皮上爬进血管里。

二十几岁，见生老病死、伤残妇弱都见怪不怪，也蛮可怕的。

后来小洁跳槽到一个美容医院做美容顾问。

天底下都是一个理，卖什么吆喝什么。卖增高药的你不能个儿矮，开减肥班的不能是个胖子，干美容的，如果是个丑的，要么请你的老板傻，要么跟你的客户瞎。

小洁长得漂亮，皮肤好，随便一笑不说倾国也倾半座城。

美容院里奇怪的事多。女人戴着墨镜进来，裹着纱布出去；男人进来这里，出去就不一定是男人了。

彼时的狼哥被老圆半饭盒的肉生生揣成了胖子，一个月有小半个月的时间休息。闲暇时，狼哥约了几个朋友钓鱼、摄影。

他的志向并不高远，做那个钓鱼里最会开火车的、开火车里最会摄影的、摄影里最会钓鱼的，吹牛够用就行。

后来狼哥买了一辆三手大哈雷，于是在小洁的美容院里，经常会出现一个穿黑色皮衣戴黑色墨镜高大威猛的男人。

下班点一到，大哈雷已经横到美容院门口了。小洁蹬掉高跟鞋，戴上头盔，一抬腿跨到后座上。

城市往身后蹿，风在耳边呼啸。

小洁揽着狼哥的腰，脸隔着头盔贴到狼哥背后，宽宽厚厚，有一种温暖又熟悉的猪油味。

小洁问狼哥，开火车到底是什么感觉。狼哥就骑着大哈雷带着小洁追着一辆 K 字头列车狂飙。飙到 180 迈的时候，火车被远远地抛在后头，狼哥和小洁停下来，靠在一道弧形的铁路轨道旁深情地拥吻。

小洁和狼哥的个性不一样。

小洁是从小家教森严，按部就班地学习、生活、工作，每一个步骤都不能错，错了需要用红色的记号笔在这段错误上打一个大叉，告诫自己以后切勿犯同样的错。

狼哥从小基本上属于被散养的，只要上学、开好火车，饿不死、作不死，其他的一切无人问津。

两个人和其他的情侣走一个套路，好的时候手挽着手胳膊贴着胳膊，四处晃荡，在人潮拥挤的街头，在荒草丛生的南郊，在滚滚奔涌的黄河边上。坏的时候小洁冷静得吓人，冷战都是以月为单位计。

狼哥啃着鸡爪子问老圆："女人都不吵架的吗？"

老圆四十多年经历了三个女人，经验少了点，并且二号、三号女人是不是真实存在还有待查实。所以老圆给不了狼哥什么合理性意见，往狼哥盒饭里揣肉，是他唯一开解狼哥的方法。

老圆打了半辈子光棍儿，对女人惧怕。越是打扮得漂亮的女人扭着屁股蹬着细高跟皮鞋出现在老圆面前，老圆越是紧张，手心发汗，精神涣散。

但是老圆除了狼哥，对谁都只字不提，他也是男人啊，他也有一颗对爱情无比憧憬与渴望的心啊。

老圆经常问："接吻是啥滋味？"

狼哥随便一敷衍："没整过。"

那个吻是什么味道呢？

秋风清冽，还没枯萎的青草，被晒得暖融融的铁轨，狼哥劣质皮衣的皮革味，和一列咆啸着姗姗来迟的南下列车。

2004 年，狼哥从副司机转作司机。

仅仅两年的时间，狼哥从一个瘦高的奶白色男同学变成了一个膀大腰圆、皮肤黝黑的男子汉，俗称糙老爷们儿。

狼哥点一支烟，盯着前方路漫漫，他与老圆的背后坐着、躺着、站着两千号人，他们没有固定的男女比率，有老有少，有胖有瘦。他们也许因为一个座位争吵不休，又或许拍着膀子拧开啤酒瓶子互吹一场，他们也许是相识许久的朋友，也许是下了列车便再也不联系的陌生人。

狼哥不开车的时候喜欢一个人坐在看台上发愣，看着大多急匆匆低着头赶路的人，他们每个人的表情都不一样。

有人夹着公文包西装革履；有人运动装上的汗渍还没干；有人提着大包小包，包上印着“东北特产”的字样；有人着装精致，涂了西瓜红的口红。

昏黄的灯光下，看台上不准吸烟，狼哥就多吸几口不算清新的空气。

这座城市里的人，有多少乘载过自己开的列车，又有多少真正知道这趟列车终将要带他们通往何方。

后来狼哥和小洁各自没有时间陪对方。狼哥忙着开 K 字头和 T 字头的火车，小洁忙着旋转在各种酒场和咖啡馆之间。

狼哥刚开始跟老圆吹牛，说自己的女朋友长脸，三个月升主管，半年升经理。

老圆不管这些，女人再有本事也不如会做一桌子饭，把衣服洗得干净，满身香气，生个大胖儿子等着他下了班回去抱。

老圆关心的问题就一样：“接吻是啥滋味？”

狼哥回答：“×。”

后来小洁升职的速度太邪乎，狼哥自己都不好意思吹了。

小洁拉着狼哥逛商场，那商场的厕所比狼哥的整间宿舍都大。一买买一堆，整件衣服上找不出一个中文字。

一个男人一个月挣的，还不如自己的女人一个星期挣的，有啥好吹的?

要么生，要么死，是一段爱情的最终宿命。

狼哥想生。

有一年冬天，小洁生日那天，狼哥要跑一趟长途。他偷偷换了班，想制造一点浪漫。

当狼哥提着蛋糕和结婚戒指出现在小洁生日会上的时候，一个男人亲热地给小洁喂蛋糕，脸上、领带上、西装上、衬衫上、手表上都写着“我有钱”。

气氛一下子僵住，包括小洁在内的所有人都尴尬。

小洁身边有个女孩子看到狼哥，噌地一下站起来：“找我的，找我的。”

2009 年《金钱帝国》上映的时候，影片里有一个戏码，说乐哥和猪油仔在外面搞了女人都由细九来擦屁股。最后细九坐拥九个老婆，凑两桌麻将，单出一个老四。

狼哥坐在影院里看这部电影。

一桶爆米花，两张电影票。演到细九回到家里看见八个老婆打麻将的时候，狼哥心里好一顿难受。

后来有人告诉他知识分子才动不动就伤春悲秋的，狼哥心里才好受一点点。和知识分子并列看齐，也不是什么骂人的话。

那时候狼哥已经卖掉了大哈雷，换了身行头，白T恤、浅色运动鞋，青春不少，只是依旧脸圆肉多，活脱儿另一个老圆。

劣质的皮衣、一堆带英文字的POLO衫、带大金框的墨镜，狼哥不舍得扔，把它们装进了一个黑色塑料袋里，放在衣柜的顶上，时不时拿下来拍拍灰。

后来皮衣暴了皮，一块一块掉，一摸一手黑。狼哥把一整塑料袋通通丢进了垃圾桶。

那年小洁生日过后，狼哥终于知道自己就是小洁生命里该画红叉的一处失误。

后来小洁解释这场失误，说有一年她经历了一场医闹。一个老婆死在手术台上的男人疯了，在医院里拿着砖头到处拍，小洁的科室有两个护士被拍花了脸。

女人在脆弱的时候就爱不管不顾，找一个又黑又壮能带来安全感的男人。等女人自己强大到感受不到世界带来的伤害了，她再也不需要任何人。

无畏无惧，则无欲无求。

那简直是一场盛大的离别。离别以后，所有的烂脾气和不甘心，化成不值钱却不可缺的自尊心。

有的时候自尊心是人的影子。太阳在头顶的时候看不见，每每黄昏落日时，我们拖着一身寂寞回家，影子被拉得老长老长。

只有这个时候我们看见它，感觉它，触摸它，才记起自己是一个人，不是一只鬼。

狼哥发动大哈雷离开的时候，那个说“找我的，找我的”的姑娘跑过来塞给他一张名片，小声说：“有事给我打电话。”

狼哥低头，名片上印着姑娘的照片，比真人好看两圈。

叫卫敏。

狼哥从出租屋里搬出来，恢复了光棍儿的日子。

他剃了个光头，老圆一直就是光头，从背后一瞅，俩人跟爷俩儿似的。

狼哥觉得自己应该好好开火车了。他买了几条内衣裤，搬到了四处散发着单身汉独特气味的铁路局单身宿舍。

狼哥觉得呛鼻子，所有人拿半黑不白的枕头丢他。

狼哥买了一瓶香水，喷了半瓶才把男人的臭汗味遮住。老圆觉得呛，喷两下杀虫剂，把香水味盖住。

狼哥还和老圆搭档，跑局管内的 K 字和 T 字列车。

开火车二十几年，老圆不信佛，不信鬼神，信命运。每次出车前，老圆都在宿舍点三支香，究竟在拜谁，连他自己也弄不清。

老圆不光自己拜，还逼着狼哥拜。狼哥不拜，老圆就跟他翻脸，说翻就翻，比翻书还快。

后来有一次上车前狼哥忘了点香，老圆说：“那就点三支烟吧。”狼哥摸遍了口袋，说烟也没带。

老圆骂了句：“×！给我瞪大眼睛。”

黄昏时分，火车经过一座县城。天色暗淡，火车的轰隆声格外沉重。

狼哥隐约看到前方有两个黑点，他瞪大了眼睛，黑点一动不动，像长在铁轨上了。

狼哥吓一身汗，赶紧问老圆。

老圆拍着头，眼睛瞪着，面部狰狞，像要哭了。

“听响再刹吧。”老圆压低了嗓音说。

狼哥一手握着制动手柄发抖，一手疯狂鸣着笛。

两个黑点越来越大，最后变成一男一女，他们牵着手，并立在轨道上，也许伫立着讲着谁也听不到的情话，也许没有语言，想着心事散步。

后来狼哥理解了老圆。一个一米八几的大老爷们儿，胡子拉碴，留着光头，肚子大得低头看不到脚面，剔牙剔出来的韭菜再吃回去。

这样的糙人，天天神经兮兮地与你算周易、聊八卦，恨不能见了天狗吃月亮都跪下来磕头。狼哥说："这是天文现象，是科学。"

老圆说："不是什么事都能讲科学的。"

人常说，你永远叫不醒装睡的人。

老圆说，你永远叫不醒在铁轨上行走的人。

老圆一根手指一根手指地掰着数，二十多年，一共撞死过二十人，平均一年一个。

有人为了死而死，大部分的人，老圆不相信他们是为了在铁轨上终结生命去的。他们有的是穿着情侣装的男孩和女孩，有的捧着书，书飞得老远，落在地上打开，翻到他曾经读过的句子，鲜血里面都冒出来对往生的无奈与遗憾。

后来狼哥给我们扫盲，说"听响再刹"的意思就是，撞到了人再刹车。因为没到站就制动，对于火车司机是严重违规，要受到极为严重的处罚。最关键的是，等看到了人才拉制动手柄，火车停下来，人也没了。

无一例外。

所以老圆瞪了二十年，瞪圆了眼睛，瞪圆了一张脸，只是他希望长一双千里眼能见到千里外的铁轨这件事，过两百年也没法实现。

狼哥撞死了这对黑点。

男人当场死亡，趴在地上，衣服被撞得残破不堪。女的仰着面，口和鼻子一直往外倒气和血，过了片刻便没任何气息了。

狼哥当场就吐了，老圆在他后面狠踹了他一脚：“先给她盖上衣服！”

两条人命，一条五块。狼哥被罚了十块钱。

挨完罚，狼哥被领到一个安静密闭的房间里，一个温柔如春风的女人，对狼哥进行一通几个小时的心理疏导和安慰。

狼哥放了一天假。

老圆往狼哥手里塞了三根香，告诉他这种事故没法避免，安慰假，是第一次给他，也是最后一次。

狼哥手在抖，心也在抖。

宿舍里混杂着香水和杀虫剂的味道，老圆点上香，屋子里就只剩下檀香的味了。

后来那一对男女的面孔伴随狼哥许多年，白天见到，梦里也见。他们的面上没有血，白白净净，甚是好看。

他们不恨狼哥，从来没以狰狞的面貌吓过他。

狼哥每次见到他们都想哭，颤抖着双手和唇，想对他们说抱歉一类的话，只是还没等他开口，他们就随着一群人踏上了列车。

有一次女人在梦里跟狼哥说话了。她穿着裸色的长裙，头发扎起来，脸色粉红娇嫩。她说：“忘了我们吧，原谅你了。”

缘分是很奇妙的东西，只是世间没有多少缘分。

人在酒桌上，喝得臭气熏天，拍着肩膀说：“能坐在一起喝酒就是缘分。”往往这种人酒醒了以后各奔东西，偶然在街上见了也要拉低鸭舌帽。

所以刻意制造的缘分才是真正的缘分。

卫敏第二次出现在狼哥面前，抱着大哈雷的头盔。

狼哥离开的时候纠结了很久要不要把它一起带走。哈雷是三手的，头盔是新的，狼哥单独买来送给小洁戴。

想到这一截，狼哥把头盔留下了。

卫敏帮小洁搬家的时候，小洁让卫敏把它扔了，卫敏就把它扔了，扔自己车里。

后来，2009年，狼哥和卫敏一起看《金钱帝国》，卫敏指着细九说：“你看，我就当过一次细九。”

后来狼哥出车，与老圆一起烧香拜。三支香，拜三下。拜谁，两个人都不知道。

也许是拜那个出现在狼哥梦里登上火车的一对男女，也许是拜老圆二十多年里那些从来也不曾到他梦里到访过的二十个人。

在那之后他们又遇见过卧轨的老头儿、自行车卡在轨道上却不肯走开的学生，也有不明原因在轨道上驻足的人。

狼哥与老圆琢磨过，用比较文艺的说法，如果想通过铁轨与这个世界告别，一定不能横躺在上面，否则离粉身碎骨也没多远了。要站在一条轨道上，这样可以保留全尸。

对于这件事，铁路上有了分工，被辗断的尸体，掉在火车前半截的，司机负责清理；掉在后半截的，列车长负责清理。

狼哥曾经遇见过一起无厘头的事故。

有一次与老圆出车，前方出现一辆小卡车，车头已经过了铁轨，车身停在铁轨上，车里装满了大蒜。卡车司机一见火车来了，吓得屁滚尿流就跑了。

狼哥的火车撞到了卡车屁股上，挡风玻璃碎了，大蒜半数飞进火车头里，砸得老圆和狼哥满脸满身都是。

处理完事故，火车换了车头继续前行，狼哥与老圆两个人开着装满大蒜的火车头返回。

老圆打开两只盒饭，给这一顿餐加了一头蒜。

回到站里，大家一看车楼里都是蒜，哄闹着来抢，有拿手捧的，有拿塑料袋装的，局长听说以后，拿来了一只麻袋。

狼哥和卫敏连着吃了几个月的大蒜。

老圆无聊的时候再问狼哥："接吻是什么滋味？"

狼哥找到了答案："大蒜味。"

后来狼哥与老圆合计，以后开火车的时候带上两瓶白酒，每到出过事故的地界，倒上几口。

尘归尘，土归土。人命由天，好来好走。

他们祭奠亡灵，也是给自己找找心里慰藉吧。

2007年，狼哥辞职了。

狭窄幽暗的楼廊里，老爷子不给狼哥开门。狼哥拉着卫敏，脸贴在门上，眼睛往猫眼里看，老爷子形同枯槁，白手套摘下来，一双手上数不清的沟沟坎坎。

老爷子足足跟狼哥较了半年的劲儿。

有一年大年夜，狼哥喝多了酒，他在白纸上画了七个人。

四男三女，一老六少，三瘦四胖。

一支铅笔画不出衣服的图案与颜色，狼哥在上面写着："黑白格，黄色带花，纯白色。"

酒过三巡，钟敲十二下。电视机里主持人拜年的贺词穿透屏幕飘过来，钻进耳朵里，好像在说"新年快乐"，又好像在说"再见了，亲爱的朋友"。

狼哥告诉老爷子，每一个人命消失的时间、地点以及每一张面孔，他都忘不了。

狼哥告诉老爷子，火车道上，一条人命最便宜的只值五块钱。

老爷子颤抖着手，老泪纵横。

狼哥也哭了。

卫敏端过来两盘饺子，说：“哟，长了一岁这么高兴？”

不当火车司机以后，狼哥一头扎进广告圈。

他不是个消停的人，想法奇特，谈业务从无章法和套路，与客户见了面，一握手说话，嗓门大得吓掉人半条命。

别人轻声细语，狼哥扒拉着耳朵，说：“大一点声，听不清。”

与老圆同样相信命运的狼哥，说命运最不懂得辜负人，你拼命地奔跑，即使再慢再晚，也能抵达你想去的地方。

狼哥把肚子喝得更大，把脸揣得更圆，在广告圈混得风生水起。

后来有一天，卫敏回到家里，脸色极差。她打了很多遍腹稿，犹豫再三，最终把小洁现在过得十分不好的消息告诉狼哥。

美容院出了医学事故，客人顶着一张包着纱布的脸去美容院闹。有人闹，就需要有人负责，小洁被拉出去变成了临时工。

不知道这一段路是不是小洁人生中的错误，被画一个红叉，然后再见，再也不见。

小洁自己辞职走人，听说股票上的投资也被“我有钱”赔光了。

狼哥把公司里的流动资金取出大半。

变心前女友身份使小洁立场尴尬，她拒绝了狼哥的帮助。

狼哥把钱塞进大哈雷的头盔里。

“大哈雷卖了，头盔是你的。我给出去的东西，从不收回来。”狼哥说。

临走前，小洁问：“我们还能……”

狼哥说：“保重。再见。”

经历过两场恋爱的狼哥懂得了放手与珍惜。

彻底地放下，才能重新拾起。

回到家里，狼哥给卫敏画画，画八个人形，七个是七条不会老去的生命，另外一个是已经令他心死的爱情。

卫敏本来收拾好行李打算走了，半天的时间她哭肿了眼睛，擦鼻涕的纸扔了一垃圾桶。

狼哥说：“我求完婚以后，你要是不答应，就从我的身体上踩过去。”

狼哥扑通一声躺到地上，从口袋里掏出戒指。

不管是送钱拐道买了戒指，还是买戒指拐道送了钱，有些事情过程不重要，结果才是我们最终等待的那一场盛大的烟花。

很多年以后，狼哥画画技术长进不少。

他还是会画画，画卫敏，画老圆，画一火车头的大蒜。蒜从纸张里走出来，装成一兜一塑料袋。它上了桌，变成菜，一口一口吃下去，连接吻都是大蒜味。

2008 年，狼哥卖了大哈雷，换了双龙。

那年老圆退休，狼哥开车带老圆奔赴蚌埠。那年济南的小龙虾遍地开花，个儿大肉多，拨去虾壳沾一手油，吸到嘴里，那叫一个痛快。

但是在多年前的蚌埠，它叫作大蚂虾。老圆和狼哥两人吃整整两大盆，点几听可乐也能把自己喝得烂醉。

老圆穿着一件宽大的合襟袍子，肚子挺得老高。老圆有一阵儿没剃头，脑瓜尖长出了白白的头发楂儿。

老圆点了两瓶啤酒。酒顺着嗓子流淌到胃里，容易让人晕。

老圆晕了，絮絮叨叨又提起自己生命里走过的那三个女人。

老圆说：“其实只有一个。”

狼哥拍着桌子说：“你终于承认了。”

开了三十年火车的老圆，一辈子没有结婚的老圆，喝晕了趴在桌上。狼哥把他扶上车，老圆趴在后座位上吐了狼哥一车。

老圆当上司机的第一天，撞死了两个女人。

那两个女人一个长得十分漂亮，躺在地上，胸脯挺立着一起一伏，手指翘着像是要来摸老圆的脸。另一个女人嘴巴吐着血沫，一个劲儿冲老圆说："爱，爱，爱……"

从那以后，老圆见每个女人的脸都变成了这两个女人的模样。于是他生命里多了这样两个女人，一个长得十分漂亮，一个张口闭口都在爱着他。

后来狼哥每一次见到老圆，他几乎都是一脑袋头发楂儿，穿着同一件合襟的青灰色袍子。狼哥始终没有问老圆是不是遁入空门了。

老圆从宿舍里搬了出来，租了一间不到六十平方米的小公寓，除了不开火车之外，保持着和以往同样的习惯。

狼哥去看他，身上喷了香水，老圆就用喷杀虫剂来盖过香水的味道。他每天早晚上香三支，他不停地拜，说不清在拜什么。

多年以后，狼哥倒是看清楚了，老圆是个虔诚的人，他拜的是在轨道上一条条终结的生命，他拜的是希望以后不要再有无辜的人就这样死去，他拜的是希望车头后面那上千人的生命平平安安，都清楚自己将要驶向怎样的终点。

如今的狼哥是个圆头圆脑的成功生意人，没有多少人会记得他曾经是怎样的一个人。偶尔酒精作祟，他会跟我们讲他从前的事，他烧拜的香与洒出去的酒；讲曾经撞翻了一辆满是大蒜的卡车，蒜头扑到身上，接吻的时候都是大蒜的味道；他讲他和卫敏制造缘分的爱情；他讲他们曾经是怎样开着火车，看着窗外风也轻草也青，不知通往何方的铁轨与风景。

12 他没有名字，他叫 9527

介绍一个人，应该从他的名字开始。

他是我们家楼下小广场上摆摊卖水果的，开着一辆破旧的东风小货车，像是从回收站买了零部件组装的。

每次他开着东风来的时候，噪声极大，轰轰隆隆，跟七八辆拖拉机一起出动似的，车屁股喷出一大片污浊的气体。他停好车，从驾驶楼里跳下来，叼上一根烟，抽出脖子上的毛巾，垫着手把车上的水果一筐一筐搬下来。

一个卖水果的，周围的人从来也不问他叫什么。他姓张姓李还是姓欧阳姓西门，都和我们没什么关系，只要他卖给我们的西瓜新鲜、卖给女孩子的水果黄瓜身材粗壮匀称，我们就十分喜欢他了。

有的时候会打电话让他给留半个丰满的木瓜、半箱樱桃，或者一个电话让他送货上门。

他的手机尾号是 9527。

所以我就叫他 9527 吧。

讲一个故事，应该从主人公的身世说起。

就像我刚刚介绍的 9527，他是一个水果摊小贩。往上扒两代，他祖父母是知青，下了乡就没回到城里来。他父母在老家是工厂里的工人，后来得绝症死了。十几岁他就带着妹妹从老家逃出来谋生了。十几年的时间，9527 带着妹妹走了很多城市，最后还是回到这里。

在城市里生活的人有几种模式，一种是生来什么都有，只需要稍微努力就可以比别人活得都鲜亮；另一种是生下来就什么都没有，他们必须要十分努力才能获得一些人生来就带着的一些东西。后来他们也变得什么都有了，但你想象不到那种从无到有的过程。

这些人，见过每天凌晨四点的城市灯火，见过在狂热的午后汗水洒在地上一秒钟便消失不见。

9527 见过这些，但他还是什么都没有。

单单是能活着，已经足够美好。

据说 9527 祖父母就是从这座城市派下去的知青，但是他回来不是因为缅怀祖父母。想到他们的时候，9527 有时候恨得心发慌，为什么非赖着乡下不走？当初回城了，也许今天一切都不一样了。

之所以回到这座城，只是因为北京吃得太贵，广州吃得太甜，四川吃得太辣，济南的饭菜就刚刚好，连白面馒头都比别的地方好吃又便宜。

反正哪儿的城管都赶人，哪儿的房价都贵得离谱，哪儿的小姐都挺着胸翘着臀。无论到哪里，9527 都要和妹妹像无根的野草一样飘荡，以吃来抉择在哪个地界飘，再简单粗暴不过了。

济南夏天的晚上，人们吃完了晚饭都穿着短裤背心带一把蒲扇出来溜达，漫长又闷热的夜，保不齐人们就扯一小马扎坐地摊上撸串喝扎啤，或是顺手拎个西瓜回去吃。

所以专业一些的小摊贩们都会挨到很晚。他们认真卖力地盯着每一位顾客，但凡有人往摊子上看一眼，他们都会从小马扎上蹿起来，上前问一句“吃点什么”，或者更有经销头脑的人直接扯一个塑料袋塞你手里，告诉你随便拿。

9527 不算一个专业的小贩。他和其他人不一样，不会挨到灯火阑珊、街上只剩下几个光膀子的醉汉的时候才收工。

有的时候 9527 的摊位上摆着水果，人已经烂醉了，躲到后面的东风小货车里酣然大睡。夏天的傍晚蚊子多，9527 张着嘴，大口大口地往外呼着酒气，身上被咬了一个又一个包。

有人拿了水果，自己按牌子上的价格秤了，把钱放到他匣子里，有人秤了以后给他发条信息，告诉他买了什么水果、几斤几两，回头把水果钱送过来。

还有的时候 9527 明明在，见客人来了却理都不理。他背对着水果摊铺了张毯子，张罗几个人打牌。

牌摔到地上，啪啪直响。客人抱怨，错过了 9527 这个水果摊，大家要穿过两条很长的人行道跑到斜对角的水果摊才能买到水果。除了客人不满以外，一旁的商贩们也跟着犯嘀咕。

要知道 9527 把这个摊位拿下来不是一件容易的事。

老人讲世道，新人讲江湖。在世道和江湖里，凡事都有规矩。

9527 跟我们提起他早些年在广州夜市摆地摊卖内衣的时候，不懂规矩，不讲先来后到，早早地去占好位置，到了时间铺开了床单，把内衣一件一件摆好。

有人告诉他这个摊位有人占了。

9527 不服，摊位不是谁早来就是谁的吗？不是谁跑得赢城管就是谁的吗？

人家告诉他，早不是这个早法，旁边那个两胳膊文身的壮汉两年前就来摆摊了。

后来一连几天，9527 去撒尿的时候，待售的内衣被人泼上水，后来是茶水，再后来被泼了整碗的肥肠粉。

我们小区刚有人入住的时候，9527 是第一个来摆摊卖水果的。男人离不开啤酒，女人离不开水果，这是自古的道理。

卖了很多年内衣的 9527 特别懂女人的心思，面相好看、穿着时尚的女人，一定会买南方空运过来的水果，越往南越好。广东的荔枝、海南的芒果、越南的菠萝蜜，只买名头长的，不买价格低的。

穿着肥大睡裤和拖鞋、头发蓬松着就出来买水果的家庭主妇，通常就是买三样：苹果、香蕉和大西瓜。尤其到了西瓜低于一块钱一斤的季节，女人们一拎拎两三个回家。塑料袋勒着手指头，手指肚充血，感觉应该被截肢的人才有法儿活下去，拎得女人们的肩膀凭空生出来两块结实的肌肉，怎么减也减不掉。

那时候 9527 一天能卖一车西瓜。后来有人来跟 9527 争这个摊位，被他打破头住进了医院。

9527 因为这个进了警察局。等他出来的时候，旁边摆摊的人把这块黄金摊位给他空出来。他们在背后管 9527 叫王八蛋，表面上却不敢惹。

后来大家发现这个王八蛋其实还不错，起码不是想象中吃了人家东西不给钱的恶霸。别管是一碗面还是两根不知道是什么肉的羊肉串，9527 吃完了就把钱扔人家钱匣子里。

只是他嘴有点欠抽：“托你的福，活三十来年第一回吃到狐狸肉了啊。”

烤羊肉串的叫猛哥，也回一句：“× 你大爷的，我这是新鲜的鸭肉！”

傍晚六点到八点是众人最忙的时候。住在周围的居民从城市的另一头赶着公交车回来，骑着电动车回来，开着小汽车回来……

带了些青灰色调的夜，一下子鲜活起来。

大家都甩开了膀子拿着盆子、铁签子、电子秤叮咣叮咣地做着自己的小生意，连一旁卖袜子的忙起来都挥着脑门儿上的汗水来不及擦拭。

9527 看着刚过来摆摊卖袜子的姑娘长得好看，就问人家叫什么名字。

姑娘不高，一米六左右，穿着牛仔短裤加一件格子衬衫，一汪水灵灵的大眼睛，一看就是刚出来摆地摊。

她等着入夜才怯生生把袜子铺到地上摆开来，不敢叫卖，一有客人来就激动得一只膝盖跪到地上，忙活着把不同款式的袜子拣出来给客人看。

姑娘抬头看看 9527 一脸的流氓面相，眉毛粗得像故意用眉笔涂了几遍，眼角有道疤。姑娘心里紧张，想去拿地上的毛巾擦汗，一伸手抓了一双袜子往脸上蹭。

大家被逗得大笑起来。

声音穿透了卖凉面大妈被钢丝球擦得锃亮的盆子，穿过卖烤羊肉串的猛哥的通红壁炉，穿过9527一车的西瓜和晶莹剔透的大樱桃，扶摇直上，蹿到神秘又冷漠的城市上空。

人们不约而同地看着这欢笑噌地一声蹿上去，在夜空里停留片刻，瞬间落回来，化成我们明日的悲欢离合。

过了晚上八九点，客人们吐着酒气、打着饱嗝离开。9527从车里拽出一把躺椅，身子一横，开始跟众人吹牛。

“想当年啊，在成都卖猪脑花的时候，来光顾的都是漂亮的姑娘。夏天露着白花花的大长腿，有一米长。”

9527说“一米长”的时候，放下一只被啃烂的苹果，在空中比画一个长度，自己低下头看看，再把长度往外扩扩。

猛哥说：“放他妈的屁！哪有人长那么长的腿？”

9527举起一只大西瓜要往猛哥脸上砸。

卖袜子的姑娘低着头，红着脸说：“就是，哪有人长那么长的腿？”

9527的手僵在空中，好一会儿才把西瓜放下来，回头看了姑娘一眼。她的摊子是用一块巴宝莉格子被单铺成的，袜子男式的、女式的，蕾丝的、卡通的，铺得有条有理的。

摆在最前面的是夏天人们最爱的船型袜子，五颜六色，男女通用。

一块牛皮纸色的小纸壳子上写着几个字：“10 元 3 双。”

9527 说：“‘三双’啊，真有这么长的腿。成都的姑娘就有这么长的腿。”

那年济南的房子均价涨到了每平方米八千块。这样的房价在 56 个民族、23 个省、4 个直辖市、2 个特别行政区、5 个自治区的大中国确实不算高。听说北上广 10 万一平方米的房子多如牛毛。

我有个亲戚，一家五口挤在广州越秀区一套八十多平方米的小房子里，在最便宜的一楼。一到阴天下雨，被子衣服都能拧出水来，抽湿机摆客厅两个小时抽满满的一盆水。

这样的条件，他们要是把房子卖了，到济南都快能买别墅了。

但也有一支庞大的队伍，即便他们把身上的油刮干净了，在济南也买不到一套房。9527 就是这支大军中的中坚力量。

原本他和妹妹在我们小区的附近租了一个连排平房中的两间屋子，两间加起来每月租金 700 块钱。

无独立卫浴，夏天没空调，冬天没暖气。

洗澡的时候要把十几口人共用的厕所加沐浴房的门用一个绳子反锁起来。见门掩着，在不知里面有没有人的情况下绝对不能用力敲门，或者粗野大汉哼着口哨一脚把门踹开，这种行为在这里是坚决不允许的，否则绳子断了，不论里面的人是蹲着拉屎还是光着屁股洗澡，全部都会被直播出去。

所以住在这里的人有个约定俗成的沟通方式，想去洗澡了，就把自己的门打开，冲着外面喊一嗓子：“有人在厕所吗？”

过上几秒钟，没人应声，你就可以捧着盆子搭着毛巾过去了。

有一年冬天极冷，9527 在妹妹的屋子里点了桶蜂窝煤，第二天一早起来的时候怎么也敲不开妹妹的房门。9527 踹开了窗户跳进去，一屋子煤烟味，人昏厥过去了，送到医院抢救了两个小时才救回来。

从那以后，9527 就不让妹妹跟他住一块儿了，花 1500 给她租了一个单位附近的房子，跟一个看起来很乖巧的女孩合租。

妹妹住得离我们有些远，所以我们几乎见不到她。

9527 有一次喝多了提过，说她的妹妹在一个大企业做着体面的工作。我们问具体是干什么，他支吾半天也说不上来，只说妹妹每天穿着工装，上身是纯白色的衬衫，下面是黑色的长裙，走起路来特漂亮。

猛哥放下羊肉串，在众多热情似火的眼神下扭着屁股和胯骨，扭出一种绝代风骚的样子。

他问：“是不是这样？”

9527 随手抓起“三双”的袜子，毫无攻击性地朝猛哥扔过去。

9527 总爱把一句话挂在嘴边儿：“光着屁股来到这世上，就没打算穿着衣服回去。”

其实原话是：“我们来到这个世上，就没打算活着回去。”9527把它改了一下，当成了自己的“好死不如赖活着”的借口。

不知道有没有人跟三十啷当岁的9527谈过诸如人生理想、抱负、未来一类的话。这些时常被年轻人提及的词汇，去丽江玩一趟，就说自己有情怀了；去西藏的民房借宿一宿，就说是体验人生了；写了句比较文艺的辞职信，就说是追求梦想去了。

在9527这里，这样的词汇一定是晦涩难懂的，这样的行径一定是狗屁不通的。

从十几岁开始，把报纸当被子、跟流浪狗抢吃的、假装成瞎子在地铁里要钱，已经是他生活中的常态了。

这种常态一直延续到9527的妹妹觉得过着叫花子一样的生活是件丢人的事。

要说追求，9527曾经有过。在广州的地铁上，9527拉着妹妹行乞，他给妹妹戴了一副墨镜，头发本来就蓬乱，衣服本身就破旧。同情心泛滥的地铁上，多的时候一趟车就能收个一百好几。

9527给我们讲，有一次在荔枝公园追着一位北方来的游客要钱，那女人个儿矮、微胖，戴一副金丝边的眼镜。女人说自己是学会计的，她掐着手指头帮9527粗略算了一下，像广州这种大城市，有钱的人多。平均每人给他1块钱,每分钟遇到两个好心人,每小时就是120块,每天工作8小时就是960块。一年365天无休的话，就是30多万。

女人说：“你一年能挣30多万哪！”

9527激动得半天说不出话，把女人给他的一块钱还回去。他眼珠子乱转，大脑飞快地思索了一下，又从口袋里抽出一块钱塞给那个女人。

这个当会计的女人不知道，她随口胡诌出来的一个公式，给9527的人生第一次带来了一种情怀，叫作希望。

后来9527发现这个公式不成立。广州人越来越精明，没来由地从口袋里掏出哪怕是一块钱，也需要背后有一个故事。

比如一个凄惨的身世、一段传奇的经历、一种离奇的病。

所以越来越多的人举着牌子跪到大城市的地上，试图通过某种能震撼人心的理由来打动在城市中穿梭的每一个人。一条街上能跪七八个孩子得绝症的，老两口相互搀扶着出来行乞的少说也有三四对儿。

但是人们见得多了就麻木了，再说也辨别不出真假。于是跪的越来越多，给的越来越少。

9527来济南谋生以后，在芙蓉街、在泉城路、在洪楼碰见有人行乞的时候，他都掏出来不小的一笔钱，塞到人家手里，饱含深情地握上半天。

后来我们见过 9527 的妹妹。

一个夏末秋初的傍晚，六点一到，道路两边的路灯准时齐唰唰地亮起来。济南的上空由青灰色过渡到昏黄色。

本来有一只路灯坏了，就在“三双”的旁边。

一只路灯对于一个卖袜子小摊的重要性，差不多相当于你去个面馆有没有参考图片。有，可能会买；没有，绝对不买。

9527 连着打了几天的电话也找不到一个人来修路灯。最后一次 9527 用太空卡给人家打电话，说：“这边一排路灯被人拆了，你们快来看看吧。”第二天路灯就被修好了。

打那以后，“三双”每天都很在意自己身边这盏灯。六点一到，“三双”一定第一个仰起头，观望着路灯一齐亮起来，把城市烤成昏黄暧昧的颜色。不知道是不是这一盏是新换上的缘故，它比其他的每一盏都要亮。

亮多少?

起码多亮 2 瓦吧。

那一晚，夜市没开始上客人。一辆出租车从广场旁边停下来，走下来一个姑娘，长头发盘成一个发髻，上身穿白色的衬衫，下身穿黑色的布裙，走起路来温柔地摇晃着屁股。

太好看了，猛哥看得眼睛都直了。

姑娘下了车，径直朝 9527 的水果摊走过来。猛哥喊了两声没回应，一脚把酣睡在躺椅上的 9527 踹下来。

9527 一见姑娘就笑了，牙花子露出来，口水挂了半张脸。

见了 9527 的妹妹，我们终于不再无条件地相信基因遗传这些事。至少 9527 他爸妈生妹妹的时候基因就没那么强大了。

9527 方脸，眉毛浓，眼睛小，长得有些像《东京爱情故事》里面的三上健一，不算是丑的，但也没帅到一塌糊涂。

妹妹是典型的鹅蛋脸，大眼细眉，腿长肤白，美得已经不可方物了。

后来 9527 跟“三双”和猛哥说起他和妹妹的事，慢条斯理地，点一根烟，轻轻嘬一口，吐着烟圈，嘴巴一张一合，像在诉说一个年代已经久远的故事。

父母死那年，妹妹才十五岁，高中还没毕业。家里的钱和房子通通用来给爸妈治病了，还欠了一屁股债。

陆陆续续有人来要债，三百五百的，见到两个孩子的惨相都把欠条撕了。但是捏着上万块债条的亲人们无论如何也下不去那手。

后来房子也不能住了，9527 连夜带着妹妹和一身的债务逃离了家乡。

大家终于明白，9527 为什么在这么多城市之间辗转，始终生不了根。他永远是异乡客，永远是流浪者，永远背着自己的身体与灵魂在别处栖息。

因为家是回不去了，回去就得还钱，即便钱还上了，可是，家又在哪儿？

9527 曾经觉得自己挺幸福的。那些年没有钱，一毛钱也没有，有的时候饿得连乞讨的力气都没有。

9527 掐着手指头算一算，他和妹妹在广州待的时间最长，也许因为广州就算到了最冷的天气也冻不死人的缘故吧。

后来妹妹发育良好，穿着宽大的 T 恤衫猫着腰走路，风一吹，丰满的轮廓就全部呈现出来了，9527 就去夜市偷内衣。

一个二十岁左右的男孩子去偷女人内衣，人家以为他是个变态，抓住了打得他头破血流。

所以 9527 的第一笔生意就是在广州卖内衣，后来挣了些钱就不用睡地铁了。再挣了些钱，9527 就把妹妹送进夜校读书。

妹妹在夜校毕业了以后应聘到一家外贸公司上班。广州的外贸公司跟东莞的洗头房似的，一条街十几家，用人需求量大，所以只读了夜校的努努力也可以挤进去。

更重要的是妹妹生得面相好，面试的时候只需要冲考官微笑一下，就干掉了外面一走廊排队的。

那一年有个电视台的选秀节目挺火的，9527 每次接妹妹下班的时候电动摩托车上一定要放一首她喜欢的歌，叫 *I still believe*。

妹妹戴着头盔，一手掐着 9527 的腰，一手捶着 9527 的头盔。车速太快，风速也太快，耳边只有呼啸的嘈杂声。

只有在街边走路的人才能听见一辆飞驰而过的摩托车毫无公德心地放着一首满大街都在放的音乐。

一个音域宽阔的姑娘在歌里唱：

I still believe
Someday you and me
Will find ourselves
In love again …

谁都觉得日子应该一点一点好起来。你看，中国人可以越活越老，钞票越挣越多，姑娘们越长越漂亮，或者说越整越漂亮。

所有的事情不都应该是往积极的方面发展吗？

妹妹谈了一个男朋友，谈了两个星期就搬去和他同居了。9527 拦着妹妹不让她搬走，说姑娘家怎么着也该矜持一些。

妹妹扔了箱子，冲进了厨房，拎出来一把菜刀，说："你不让我走，我就把脖子抹了。"

才过半年的时间，妹妹又拎着箱子回来了。9527 屋子里塞的全是女士内衣，他试图从沙发上扒拉出来一块空地给妹妹坐，妹妹一进屋就瘫到了地上，一边吐一边哭。

妹妹遇上了渣男，渣男从来都是先用下半身思考。彼渣男用下半身思考了半年以后，终于用上半身思考，说他始终闻不惯她身上的乞丐味道。

9527 拎着菜刀堵在渣男工作单位的门口，被保安拦着不让进，最后砍伤了两个无辜的保安，被送进监狱。

9527 再次被送进监狱的时候，像进了饭馆吃饭一样。广州的饭馆吃广州的饭，成都的饭馆吃成都的饭，济南的饭馆吃济南的饭。

9527 从广州的饭馆出来以后，一屋子的内衣被妹妹装进几个硕大的袋子里拿到楼底下烧了。她把孩子打了，剪短了头发，脸色苍白得像一张纸。

9527 说，饭馆里有个人说成都的猪脑花很好吃。

讲妹妹的故事的时候，9527 异常深沉。他一直低着头，好像要把头塞到裤裆里去了。他只有抽烟的时候才抬一下，大家可以从他眼睛里看见比流浪狗的眼神更空洞的东西。

否极泰来这种虚头巴脑的词汇不适用于所有人。妹妹在成都过得不幸，吃到了很好吃的猪脑花不幸，比夜市所有拥有白花花大长腿的成都妹子都漂亮，还是不幸。她遇到了两个不该遇到的人，就像男人钱多伤肾，女人情多伤心。在经历过与全天下不幸的人别无二致的伤痛以后，妹妹变成了爱情童话里的哑巴，听得再多，也不去说。

终究万物有起源，伤痛有因由。

9527 把这因由归结在他自己身上。

如果当初不离开家乡呢?

如果当初不带着妹妹沿街乞讨呢?

见到 9527 妹妹那次，她是来送结婚请柬的。

一般人收到结婚请柬的时候，哪怕痔疮长成馒头那么大了，也会挤出一张制式化的笑脸说句：“恭喜恭喜。”

9527 捧着妹妹的请柬就哭了。

在酷热难挨的傍晚，有蝉鸣，经过的拖拉机在 9527 的西瓜上喷一道尾气。“三双”从巴宝莉被单底下拽出来一块抹布，把西瓜们擦得锃亮。

9527 关严了门，和妹妹哭得鼻涕一把眼泪一把。

“家，以后这儿就是家了。”9527 说。

每个人都说“家”。

我当年从长沙坐一绿皮火车夹着一破包来济南的时候，旁人问：“你家在哪儿啊？”

我说：“在花园路胸科医院旁边路口拐进去……”

后来我嫌那里没暖气，换了房子住，叫搬家，从东搬到南。嫌南边的房子离单位太远，从南搬到北，也叫搬家。

我从来没去想，一个租来的房子怎么会是家？一个没有亲爱的人在里面升了炊烟等你回去共食的屋子，怎么会是家？

在 9527 这里，没有搬家，只有挪窝儿。每次我们问他挪过几次窝儿的时候，他都要闭上眼睛冥想半天，随后说出来一个数字，跟临时编出来似的。因为下次我们再问，就换成另外一个数字了。

有一次猛哥随口问 9527：“打算什么时候成家啊？”

9527 吓得直摇头：“太神圣了，和我命里犯冲啊。”

“三双”把抹布洗得白白净净的，拼命地擦着 9527 的西瓜：“老大不小了，就得成家啊。”

9527 忽然很神经质地晃动着脖子，唱了起来：

“你问我要去何方，我指着大海的方向……”

妹妹结婚那天摆了三桌。

9527 夜市里交来的朋友一桌，另外两桌清一水儿的“制服诱惑”。每人屁股后面靠着一顶大盖帽，挂着肩章，扎着皮腰带，二十号保安，怎么劝也不喝酒，说等下还要回去执勤。

妹妹穿着桃色的旗袍，盘了头发化了妆，一说话就脸红。

吃完饭去唱歌，穿制服的保安都回去执勤了，剩下几个包括新郎在内的便衣。新郎长得不帅，掏钱的时候也不帅，往外抽一张毛爷爷，脸就抽搐一下，但是他看妹妹的时候，眼神像只会一加一等于二的傻子。

9527 喝了不少，连滚带爬地去点歌台点了一首歌。

一屋子烤羊肉串的、卖袜子的、卖烤地瓜的、当保安的人，听着 9527 唱歌，下巴都要惊掉了。

9527 对着一屏幕的鬼画符，声斯力竭地唱道：

I still believe
Someday you and me
Will find ourselves
In love again …

所有的人都在惊呼：“9527，你竟然会唱英文！”

只有妹妹一个人哭了，躲在一角，哭花了眼睛，一串混着深黑色的化学物质的泪珠从脸颊上滚下来，滑到脖子上。

她回想起那年女孩子第一次生理期，9527 用乞讨来的钱到超市里买了一包卫生巾。妹妹说网面的粘屁股，9527 就偷摸地躲在超市里一包一包地拆，直到拆出一包棉面的。人家又把 9527 当作变态打了一顿。

2005 年以后，妹妹就不喜欢那档综艺节目了。时光带着她笑了几年哭了几年，兜兜转转，迷迷茫茫，疯狂地爱过，也热烈地恨过，尤其是那样痴痴地怨念着自己的父母和哥哥，不能给予她一副好牌，也不能告诉她怎么把这副烂牌打得和别人一样精彩。

我不知道拿什么样的词来形容 9527 才好。

生来伟大，一生彷徨。

有的时候他好像活了三十岁就经历了别人的一辈子，又好像活一辈子也始终是个迷茫混沌的无知少年。

妹妹结婚了以后，9527 有了认真生活的动力。

有一年，一个又矮又肥的女会计告诉他，他靠乞讨一年能挣 30 多万。9527 一想到那个女人，眼睛里就会放光。

现在那种令他放光的、那个叫作希望的东西又回来了。

9527 立志重新做人，跟我们发誓说，他要好好卖水果，他要去大学里面听课，学着把昂贵的南方水果卖给穿睡裤的主妇，让踩着高跟鞋涂着口红的小女人们拎西瓜拎出腹肌来。总之，他要挣很多很多钱，给妹妹和妹夫买一套带独立卫生间的房子。

这一年，这座城市的房子均价涨到了九千块钱一平方米，9527 卖西瓜，贵的时候可以卖到 6 块钱一斤。

猛哥说：“你卖多少个西瓜才能买一平方米的房子啊？”

9527笑眯眯地说："有家就好，有家就好。"

许多认识9527的人都对他心怀感激，每当生活不如意，想辞职的、想离婚的、想自寻短见的，过来和他谈谈理想、聊聊人生，心情像原本便秘的人忽然畅通了似的，回家的时候还能顺便提个西瓜讨好老婆。

因为见他吊儿郎当地活着，和草芥一样，如蝼蚁一般，便不觉得自己心酸了。

你看，每一个人都在寻找活着的意义。存在，即合理。

感激9527的人还有很多。

比如我们小区里更多的热心大妈感激9527的水果上从来不多喷二两水，猛哥感激9527从来不嫌花着羊肉的钱吃着鸭肉，三双也蛮感激9527，感激他在一个夏天把一只熄灭的路灯点亮。路人亮了一点，她亮了一片，心花怒放。

后来开始有人想撮合三双和9527。

他们趁三双不注意，偷一只袜子穿到9527脚上，打个哑迷，让三双去找。

三双又羞又害怕，手直发抖。

9527把袜子扒下来，扔到身后的垃圾桶里，说："我赔你两个西瓜吧。"

有人看见三双瞪着眼睛挨到最后所有人都撤摊子了，再偷偷把垃圾桶里的袜子拣出来。

有一年仲秋，9527说给我们介绍一位新朋友，神秘得跟007似的。后来我们一看，原来是零零发。

一个南方少年，个头不足一米七，说起话来像嚼着棉花。

他开了一辆崭新的电动三轮，轮毂用油擦得锃亮，头发也打着90年代大人去迪厅跳舞时的专用摩丝。

他把车立住，将车斗上的帆布扯下来，是一套室外家庭影院。

摩丝少年扯出一只话筒，轻车熟路地拨动了几个按钮，“刺啦——”响作一片，随后，屏幕里出现了一个人，穿着金色的衣服和红色的皮鞋，他扭着屁股，边唱边跳。

9527夺过话筒，龇牙咧嘴地跟着屏幕里的男人唱起来，漫天的歌声响遍整座广场，所有人都沉迷在9527不着调的歌声里。

黑夜过了有白昼。

生命不停歇，歌声也不停歇。

我们讲一个人的故事，都讲他最后幸福地活着，或是他痛苦地死了。因为每一个舞台，总有一个人报幕，一群人在结束时悄悄地拉起帘子。

我总觉得没有人愿意给9527这样的人报幕，也没有人愿意给9527这样的人拉帘子。他的人生，远比别人精彩得多，让白昼变得没光芒，也让苍穹变得不神秘。

我也有些遗憾。

在讲 9527 的故事的时候，始终不知道他从哪里来、他走过了多少座城市、他活了三十几年。他应该和经受着苦难的幸福的众生一样，他的名字可以是赵田孙李。但没有一个赵田孙李会把他的故事演绎成如此刻骨铭心的样子。

他只能是他。

他没有名字。

他叫 9527。